KB059096

지오
author

유우야
ation

악덕 기사단의 노예가
The Slave of the "Black Knights" is
착한 모험가 길드에
Recruited by the "White   Adventurer's Guild" as a S Rank Adventurer
스카우트 되어 S랭크가 되었습니다

8

The Slave of the "Black Knights" is
Recruited by the "White Adventurer's Guild"
as a S Rank Adventurer

CONTENTS

누구……?"

"——오오, 그립네

:

말하자면——."

음 망설이는 모습을 보여준 사람은 쿠에나였다.

은 실라였다.

을 이해하고 있는 건 리프뿐이었다.

커버 그림, 본문 일러스트 | **유우야**

제 11 장

적과 흑의 웨딩 패닉

제1화 일상과 그늘

스틸비츠 왕국.

좋다고는 할 수 없는 자원량과 입지를 가진 소국이지만, 대륙 굴지의 학문도시를 지니고 있어 열강국에 뒤지지 않을 정도의 가치와 존재감을 드러내고 있었다.

운이 좋아 당대의 국왕은 침략을 받아도 한 번의 패배도 맛보지 않았다.

국왕이 서거했다.

다행히 계승권 다툼이 일어나지 않아 백성들은 안도했다.

하지만 애초에 계승권 다툼은 일어날 수가 없었다.

최유력 후보였던 건 위그 스틸비츠 제1 왕자는 A랭크 모험가이자 학문에도 정통했다.

구심력도 더할 나위 없으니, 계승권을 가진 자 중에 이의를 제기하는 인물도 없었다.

적어도 지금까지는…….

"도대체 왜 이러는 거냐, 휘프! 넌 검조차 쥐어본 적도 없지 않으냐!"

위그가 왕이 없는 알현실에서 외쳤다.

상대는 동생인 휘프였다. 아름다운 세로 롤 금발과 반듯한 얼굴은 확실히 위그의 혈연자라는 생각이 들게 했다.

휘프가 무감정한 눈으로 내려다봤다.

"검을 다룰 줄 모르면, 정치를 할 자격이 없는 건가요?"

소름 돋는 차가운 목소리였다.

하지만 위그도 밀리지 않는 수라장을 헤쳐 왔다.

"그런 뜻이 아니다! 정치에는 권력 투쟁이 터지면, 필연적으로 피가 흐르기에 하는 말이다!"

그것은 위협 같기도 했다. 굳이 말할 필요는 없지만, 그만큼 휘프와 싸우고 싶지 않다는 위그의 마음이 드러난 것이다.

그런 위그와는 대조적으로 휘프는 태연자약했다.

"애초에 싸움이 성립한다고 생각하시나요, 오라버님?"

휘프는 담담했다.

뜻밖에도 새로운 왕으로서 권력을 점한 건 '위그 스틸비츠'가 아니라, 그의 동생인 '휘프 스틸비츠'였다.

이를 뒷받침 하듯 장군과 재상이 휘프의 곁을 지키고 있었다. 군사적으로도 정치적으로도 휘프가 실권을 쥐고 있다는 뜻이었다.

"그대들도 정녕 같은 생각인가? 장군, 재상! 아버지께 그렇게나 충성했으면서, 대체 왜 이러는 건가!"

저들이 동생에게 붙는다면, 머잖아 이 나라는 위그 파와 휘프 파로 나뉘어 내전을 치르게 될 것이다.

"죄송합니다, 위그 님."

재상의 이마에 식은땀이 흘렀다. 장군도 내색하지 않을 뿐, 내키지 않은 눈치였다.

위그는 둘이 자신에게 무언가를 감추고 있다는 걸 짐작했다.

"오라버님, 대의를 위해서예요."

"이게 대의라고? 대체 무얼 위한 대의란 말이냐!"

"그건 말할 수 없어요."

"정녕 대의가 있다면 말 못 할 이유가 없지 않으냐! 이건 그저 사욕이다!"

위그가 소리쳤지만 무의미했다.

휘프가 군사와 정치를 장악한 이상, 위그가 저항하면 반드시 대립이 일어날 수밖에 없다.

"오라버님도 사실은 알고 계시지 않습니까? 아바마마께서는 후계자로 오라버님을 지목했지만, 그건 안 될 말입니다. 이 상황을 해결할 수 있는 건 저뿐입니다."

휘프가 달래듯 이야기했다.

위그는 휘프가 조금도 양보할 생각이 없다는 것을 깨달았다.

"……정권이 넘어간 이상, 유언은 이미 유명무실하겠군?"

위그가 등을 돌렸다.

"순순히 양보하시는 건가요?"

"그래, 그렇게 원한다면 주마. 너 또한 왕위계승권을 가진 후계자이니."

"이해해주셔서 감사합니다."

위그는 천연덕스럽기까지 한 말투로 그렇게 말하는 동생을 거들떠보지도 않고 방에서—— 스틸비츠의 궁정을 떠났다.

이 순간, 새로운 여왕이 탄생했다.

작은 나라에서 일어난 바람이, 거대한 소용돌이가 되어가고 있었다.

◇

푹신푹신하고 편안한 침대에서 눈을 뜨자, 곁에 누워 자신을 바라보던 붉은 머리칼의 미녀와 눈이 마주쳤다.

"좋은 아침이야, 지드."

"좋은 아침, 쿠에나. 요즘 계속 일찍 일어나네?"

대체 언제부터 내 얼굴을 보고 있었을까.

"딱히 일찍 일어나진 않았는데?"

"그래? 보통은 점심 무렵이 돼서야 일어나지 않았던가? 내가 쿠에나한테 왕도 안내를 받았던 날 아침에도, 왜 이렇게 일찍 왔냐고 화냈었잖아."

"그건 네가 꼭두새벽에 찾아와서 그런 거잖아."

쿠에나가 볼을 볼록하게 부풀렸다. 귀엽다.

"그것도 그렇네. 미안."

당연하다는 듯이 옛날이야기를 공유하고 있었다.

그걸 깨닫고 행복을 느꼈다.

"괜찮아."

그렇게 말하면서 가볍게 펀치 했다. 아프진 않다.

부끄러운 걸 숨기려고 한 행동일 것이다.

"아파."

그렇게 말하는데 입에 살짝 미소가 지어졌다.

배에서 꼬르륵 소리가 났다.

몸이 반응할 정도로 좋은 냄새가 났다.

"실라가 아침밥을 하고 있어."

"맛있을 것 같네."

식욕을 자극하는 냄새가 침대까지 흘러오고 있었다.

방에서 이동했는데 부엌에 실라가 있었다.

짧지만 윤기가 나는 금발이 즐거운 듯이 튀고 있었다.

"좋은 아침~!"

내 모습을 확인한 실라가 기운찬 목소리를 냈다.

실라는 오늘도 사랑스럽구나.

"좋은 아침."

나는 실라의 가슴으로 쏠리는 시선을 갈무리하며 태연한 척 인사했다. 놀랍게도 실라의 가슴은 나날이 성장하고 있다. 나도 모르게 감사 기도를 올릴 뻔했다.

날 일으킨 쿠에나는 이미 자리에 앉아있었다.

쿠에나의 맞은편에는 파란 머리카락을 가진 아름다운 소녀, 네림이 앉아있었다.

"하, 아침마다 이 싫은 얼굴을 봐야 한다니……."

모험가 카드로 뉴스를 보던 네림이 나를 힐끔 보고는 불평을 토하며 시선을 되돌렸다. 아마 요리가 다 될 때까지는 저대로 뉴스를 보고 있을 것이다.

"피차 같은 식객 처지잖아. 이해해줘."

"네가 어딜 봐서 식객이야? 문란한 동거인이지. 그리고 난 아스테라의 위협으로부터 조금이라도 몸을 지키기 위해 여기에 있는 거지, 돈이 없어서 얹혀있는 게 아니야."

네림이 S랭크가 된 지 몇 달이 지났다. 그동안 딱히 돈 쓸 구석이 없었으니, 지금쯤은 어마어마하게 쌓였을 것이다.

뭐, 그건 나도 마찬가지이지만.

"네림의 벌이라면 당장 옆집을 살 수 있지 않아?"

"여기와 옆집을 오가면서 시간을 버리라고?"

시간이라……. 옆집까지 가는 데 10초쯤 걸리려나?

그 시간이면 A랭크 마물을 세 마리는 잡을 수 있다.

"……손실이 막심하군. 하지만 그렇게 얼굴을 마주하기 싫으면 아침을 따로 먹는 방법도 있는데? 굳이 같이 먹으려 할 필요가 있나?"

"되도록 같이 있으려고 하는 거잖아! 가능한 한 한곳에 모여있는 편이 더 안전하니까! 의뢰를 받았을 때는 어쩔 수 없지만……."

"아, 그렇구나. 오늘도 하나 배우는군."

철저하게 적에 대비하는 자세에 감복했다.

네림이 눈을 홱 돌리고 입을 삐죽 내밀었다.

"하지만 같이 있다고 해서 친하게 지내고 싶진 않아."

"그건 아쉽네."

나와 네림은 여신 아스테라에 대항해 공동 전선을 펼친 사이이다.

그리고 개인적으로도 나는 네림을 좋게 생각하고 있다.

그러니 되도록 네림과 친하게 지내고 싶은데…… 네림은 그게 영 마음에 들지 않는 것 같았다.

혹시 나에게 본능적인 혐오감을 느끼나?

"자~! 다됐어~!"

실라가 식사를 가져왔다.

한 번에 다 옮길 수 없어서, 다 같이 차리는 걸 도왔다.

모험가는 몸이 자본이므로 아침 식사도 거하게 치르는데, 실라는 요리할 때마다 흥이 올라 과하게 만드는 경향이 있다. 이럴 때는 대체로 쿠에나와 네림이 다 먹지 못하므로, 절반 가까이 내가 먹게 된다.

적당히 대화하면서 식사한 후, 배가 찬 사람부터 식기를 정리했다. 요리로 수고한 실라의 부담을 되도록 줄이는 것이다.

"으음, 또 전쟁이 일어난 모양인데……."

쿠에나의 말에 네림이 반응했다.

"또? 요즘 들어 잦군."

웨이라 제국과 모험가 길드의 지배력으로 억누르고는 있지만, 불온한 그림자는 사라지지 않았다.

로이터 사건 이후, 아스테라는 뚜렷한 움직임을 보이지 않았다.

하지만 우리가 모를 뿐, 어디선가 영향을 끼치고 있는지도 모른다.

상황이 이런 이상, 우리도 경계를 풀 수는 없다.

나도 식사를 마치고 개수대에 식기를 옮겼다.

"나는 잠깐 나갔다 올게."

"의뢰야?"

쿠에나가 물었다.

"아니, 소리아한테 용무가 있어."

"이번엔 왕래 남편 노릇인가. 징그럽군."

네림이 진심이 담긴 경멸의 시선을 보냈다.

강력한 심적 대미지!

"그런 거 아니니까, 그런 눈으로 쳐다보지 마. 그럼 갔다 올게."

"잘 다녀와!"

"조심해서 다녀와."

"갔다 와라."

제각기 통일성 없는 대답이 돌아왔다.

나는 배웅을 받으며 신성 공화국으로 전이했다.

◇

도시 밖의 어느 한 건물.

검소한 방에서 느껴지는 분위기가 묘하게 내 마음을 안정시켰다.

"내면의 지드 씨는 여전히 대답이 없군요."

긴 분홍색 머리카락을 가진 소녀가 중얼거렸다.

그녀는 진·아스테라교의 필두사제인 소리아 에이든. 성녀라 불리는 대륙 굴지의 유명 인사이며 천재적인 치유마법의 명수다.

'아스테라의 추종자' 사건 이후로는 '스피'를 대신해 대사제 직책까지 겸하고 있고 하니, 여러모로 몹시 바쁠 것이다.

"내가 억지로 부르면 나오기는 하겠지만, 그건 너무 위험해."

난 안락의자에 누워서 그렇게 대답했다.

오늘 여기 온 목적이 바로 이것이다. 나는 내면의 자신과 대화를 시도하는 중이다.

나의 정신 상태를 분석하여, 내면의 나를 파악하려는 것이다.

"가혹한 환경…… 극단적인 장소나 상황에 놓이면, 인간은 정신을 보호하기 위해 별개의 인격을 만들어낼 때가 있어요. 정말로 지드 씨의 '또 하나의 인격'이 험난한 '금기의 숲속'에서 탄생했다면, 이토록 냉혹한 것도 당연해요. 하지만 대체 얼마나 지옥 같은 날을 보내야 이렇게까지 될 수 있는 걸까요. 온갖 요법을 다 썼는데도 이런 결과라니……."

소리아는 마치 자기 일인 것처럼 괴로워했다.

그녀가 이런 사람이기에 나도 내 몸과 정신을 믿고 맡길 수 있는 거지만.

"그래도 덕분에 제법 편해졌어. 심리치료도 할 수 있다니, 대단하다고 생각해."

"아, 아아, 아뇨! 저 같은 사람이라도 지드 씨에게 도움이 되었다면 다행이에요……!"

갑자기 소리아가 옛날 말투로 돌아갔다.

그녀는 나와 말할 때 드물게 굉장히 동요한다.

지금은 제법 말투를 고쳤지만, 당황하면 드물게 옛날 버릇이 돌아오고는 한다.

나는 거기서 묘한 향수를 느꼈다.

"미안해, 신성 공화국 복구 활동으로 바쁠 텐데."

"벌써 그때 이후로 반년이 지났나요. 희생된 분의 가족을 포함해서 아픔은 사라지지 않지만, 수도 이전을 끝내서 모두 앞으로 나아갈 결심이 서기 시작한 것 같아요."

"그렇구나. 뒤처리도 전부 떠넘긴 꼴이라, 미안해."

도시를 멸망시킨 건 나다. 이 희생의 책임도 내게 있다.

소리아와 만나는 이유가 또 하나의 인격 때문만은 아니다.

그런 방면의 케어도 받고 있다.

"지드 씨한테는 도움만 받고 있으니까, 오히려 제가 미안할 정도예요. 앞으로도 서로 도와주시겠어요?"

"물론이지. 앞으로도 평생."

그만큼 신세를 졌다.

나로서는 S랭크로 추천해준 것만으로도 다 갚을 수 없는 은혜를 입었다.

"펴, 펴펴펴, 평생⋯⋯!"

소리아의 얼굴이 새빨갛게 확 물들었다.

또 나왔나.

왠지 마음이 따뜻해지네.

그리고 잠시 후에 전이 마법을 써서 크제라 왕국에 돌아갔다.

길드 마스터실.

방 자체는 여전히 위엄이 있지만, 방 주인은 갭으로 인해 귀여움에 박차가 가해졌다.

오도카니 의자에 앉아 으스대는 모습으로 있었지만, 외관은 완전히 어린 여자아이나 천진난만한 소녀.

"오랜만의 호출이네, 리프."

무릎까지 오는 보라색 장발은 책상 너머에 있어서 보이지 않았다.

하지만 빨려 들어갈 것만 같은 커다랗고 동글동글한 황금색 눈동자는 이쪽을 응시하고 있었다.

"흠, 이 몸은 바쁘니까. 그 마법 개발도 포함해서 말이야."

"정말로 될 것 같아?"

"공상에서 시작한 일이지만, 이미 시행 단계에 들어갔네."

"그럼 오늘 볼일은 그 마법에 관한 거겠군."

"아쉽지만 아직 그 정도는 아닐세. 오늘은 다른 일이라네."

리프가 손가락 두 개를 세우고 계속 말했다.

"여신 아스테라를 추적할 단서를 찾았다."

"드디어!"

리프는 각 종족과 연계해서 대륙 전체에 아스테라의 염파(念波)를 막는 결계를 펼쳤다.

자세한 원리는 잘 모르지만, 이 천재가 아스테라의 움직임을 저해하고 있는 거다.

그 덕에 아스테라의 움직임을 막을 수 있었지만, 추적의 단서도 요원해지고 말았다.

그런데 드디어 아스테라가 꼬리를 밟힌 것이다.

"음. 오늘 뉴스는 봤나? 소규모 전쟁이 일어났다는 기사가 있었지."

"봤어. 그게 왜?"

전쟁 소식은 이제 친숙한 일이 되고 말았다. 소규모 충돌은 달에 서너 번은 들을 만큼 여기저기서 빈발하고 있다.

이게 대륙의 최근 정세이다.

다만 근래 반년 정도는 평화롭게도(?) 대규모 전쟁이 없었다. 웨이라 제국과 길드가 잘 조율한 덕분이다.

"평범한 전쟁이 아닐세. 그들은 웨이라 제국의 세력권에 있는 나라에 전쟁을 걸었어. 인간이란 강자를 상대로 무턱대고 뛰어드는 생물이 아니네. 오히려 눈치를 살피는 게 보통이지."

"그야 당장 승산이 없다면 웅크리고 때를 기다렸겠지. 뭐 믿는 구석이 있으니까 싸우는 거 아니야?"

"바로 그것일세. 그들의 주력은 민간인이 모인 오합지졸이거든. 단체로 죽고 싶어 안달이 난 게 아니고서야 상식적으로 말이 안 되는 상황이지."

확실히 아스테라의 영향이 아니라면 설명하기 어려운 상황이다.

만약 아스테라의 도움이 있으면 무모한 전쟁을 일으켜도 승산이 있다. 상대가 그만한 힘을 숨긴 미지의 기술이 있다는 걸 예상할 수 있었다.

"음, 조사할 가치는 있는 거 같네."

그런 감상이 나오는 건 자연스러운 일일 것이다.

"설령 그들이 단순히 어리석은 자들이라고 하더라도 무의미한 희생을 원하지는 않을 걸세. 하지만 아무리 웨이라 제국과 길드가 조정하더라도, 이미 터진 전쟁을 멈추기는 쉽지 않네."

"즉 나는 현장에 가서 전쟁을 멈추고 조사를 하면 되는 건가?"

소규모 전쟁이라면, 우두머리를 제압하기만 해도 멈출 수 있을 것이다. 만일 단순히 식량이나 자원의 문제로 발생한 충돌이라면 대화로도 해결할 수 있을지 모른다.

하지만 아스테라의 영향을 받고 있다면 그들은 끝까지 저항할 것이다.

어느 쪽이든 희생자가 나오는 걸 막아야 하는 건 변함없지만.

"그게 전부가 아닐세. 뉴스에 실리지는 않았지만, 비슷한 문제가 하나 더 있네. 혹시 에이겔을 기억하나?"

에이겔은 나와 마찬가지로 용사 파티로 선택받은 남자다.

안경잡이에 자기가 개발한 매직 아이템을 이용하여 싸우며, 내가 자주 가는 꼬치구이 가게 주인의 아들이기도 하다.

"물론이지."

"그 녀석이 마족령 안에서 날뛰고 있다는 보고가 있다."

"어째서?"

"이유는 알 수 없다. 하지만 이게 아스테라의 음모라면 막아야만 하지."

인간과 마족의 반목을 유발하려는 것일지도 모른다.

어쨌든 시급한 대응이 필요한 안건이다.

"요컨대 나는 전쟁도 막고 에이겔도 막아야 한다고?"

"그렇네. 로이터에 비할 바는 아니지만, 양쪽 모두 위협적인 안건이야. 자네의 힘을 빌리고 싶네."

전쟁과 에이겔의 폭주.

확실히 둘 다 만만치 않을 것 같다.

"알겠어. 어느 쪽이 더 급한 안건이지?"

아무리 급하다 해도 내가 분신하지 않는 한은 동시에 해결할 수는 없다. 순서가 뒤로 밀린 쪽은 손쓰기에 늦어질 가능성이 있다.

"자네는 어떻게 하고 싶은가?"

"개인적으로는 에이겔을 먼저 멈추고 싶네. 그 녀석한테 진 빚이 있어서."

"역시 그런가. 그러면 그동안 전쟁을 막을 방법을 생각해야겠군. 자네가 전장에 가면 순식간에 해결될 텐데."

"……그렇게 긴박해?"

나는 마족과의 평화 관계를 위협하는 에이겔이 더 심각해 보였는데.

리프가 팔짱을 끼면서 작은 머리를 상하로 흔들었다.

"급한 건 어느 쪽이든 마찬가질세. 그러니 자네를 부른 거고."

"──그 건으로 루이나 님의 연락이 있어."

"우오! 은신 기술이 더욱 발전했구먼! 이 몸도 알아차리지 못했다고!"

갑자기 나타난 사람은 고혹적인 눈물점이 특징적인 흑발 미소녀, 유이였다.

기척을 지우는 게 전보다 더 능숙해졌다. 나조차도 살짝 놀랐다.

그나저나 연락이 아니라 직접 온 걸 보아 아스테라 관련인 거 같은데……

"일주일의 준비기간과 지드. 그걸로 해결."

유이가 내 팔을 끌어당겨 가슴팍에 바짝 댔다.

옆에서 보면 거리감이 가까운 연인으로 보일까. 난 가슴이 두근거려서 그런 걸 신경 쓸 상황이 아니다.

"……일주일만 있으면 웨이라 제국이 그들 문제를 해결할 수 있다는 말인가?"

"그때 지드가 필요."

"루이나가 그리 말했나?"

"응."

유이가 고개를 끄덕였다.

유이의 작은 움직임이 팔에 전해져왔다. 감촉이 너무 기분 좋아서 대화에 집중이 안 된다.

"그럼 지드여."

"응."

리프의 부름으로 다시 정신을 차렸다.

"일주일 안으로 에이겔을 데려오게. 일주일이면 자네에겐 충분하겠지?"

"전이랑 탐지 마법을 쓰면 가능해. 성가신 일에 엮이지 않는다면."

"그렇군. 되도록 서두르게."

"바로 갈게."

나는 유이의 손을 포개어 잡고 인사했다.

"잠깐 갔다 올게. 나중에 다시 보자."

"응……."

유이가 약간 쓸쓸한 표정을 지었다.

감정표현이 적어서 티가 잘 나지 않지만, 유이는 어리광쟁이 같은 면이 있다.

이런 상황에도 나와 더 같이 있고 싶은 모양이다.

"또 쿠에나의 집에 와줘."

"응."

로이터 사건 이후 반년.

어떤 사건을 계기로 유이는 일주일에 한 번의 빈도로 쿠에나의 집에 방문하고 있다.

그걸 떠올리고 또 만날 수 있다는 안도감 때문인지 유이가 간신히 떨어졌다. 이번엔 내가 허전한 기분이 드는 건 딜레마일 것이다.

마음이 바뀌기 전에 입을 열었다.

"──전이."

시야가 밝아졌다.

◇

마족령, 7대 마귀족 퀴츠의 영토.

퀴츠는 패권을 다툴 수 있을 정도로 큰 세력을 갖고 있기에, 불모지가 가득한 마족의 땅에서 유별나게 번영한 영토를 가지고 있었다.

그러나 그것도 이제는 옛말이 되어버렸다. 번영했던 영토는 시간을 역행하듯 다시 불모지로 변모했다.

그저 무너진 건물의 잔해가 문명의 흔적처럼 남아있을 뿐이었다.

무너진 건물 사이사이에서 굉음이 터지고 검은 연기가 솟아올랐다.

"습격당했다는 소식을 듣자마자 왔는데…… 아주 난장판이 됐네."

인간형 마족인 쿼츠가 풍경을 바라보며 말했다. 인간형 마족은 흔하지만, 인간과 다르게 검푸른 피부를 갖고 있다. 등에는 반쪽 짜리 날개가 돋아나 있었다.

"당신이 이곳의 보스임까."

에이겔이 안경을 고쳐 쓰는 찰나, 그 짧은 순간에 쿼츠가 눈앞까지 육박했다.

"──그 이야기는 이미 했어."

쿼츠가 손을 뻗어 기습 공격을 날렸다.

그러나 에이겔은 한 손으로 붙잡아 막았다.

"그랬죠. 그나저나, 안경 때문에 자꾸 이런 틈이 생기네요. 개량을 좀 해야겠슴다."

"……?!"

쿼츠가 당황해서 거리를 벌리더니, 급하게 다시 마법을 전개했다.

돔 형태의 마력이 쿼츠와 에이겔을 둘러쌌다.

(틀림없이 직격하는 미래였을 텐데……?!)

미래를 보는 힘…… 그게 바로 쿼츠의 능력이다.

(한 번 더!)

뭔가 착오가 있었던 것일지도 모른다.

다시금 에이겔의 왼쪽 가슴을 꿰뚫는 미래가 보였다.

쿼츠는 미래를 현실로 만들고자 에이겔과 거리를 좁혔다.

"소용없습다."

그러나 쿼츠의 손은 허무하게 허공을 갈랐다.

에이겔이 쿼츠의 빈틈을 타고 품에 파고들었다.

미래가 달라졌다?

(설마, 미래가 개변된 건가……?!)

이상을 깨달은 순간 에이겔의 손바닥이 쿼츠의 복부를 후려
쳤다.

평범한 손바닥 치기.

아픔도 충격도 없었다.

위화감에 휩싸인 쿼츠가 다시 미래를 분석했다.

미래시로 수많은 미래의 갈림길에서 복부의 상태를 확인하는
것이다. 그게 가장 효율적이고 빈틈이 생기지 않는다.

"말도 안 돼……."

"구멍을 뚫었습니다. 마족은 제각기 몸의 구조가 다르지만, 이
러면 움직일 수 없겠죠."

아무것도 느껴지지 않는 공격이었을 텐데, 단 일격으로 행동불
능에 빠졌다.

쿼츠의 무릎이 꺾여 땅에 닿았다.

"설마 이렇게까지 강할 줄은…… 현자 에이겔이여."

"어라, 절 아심까?"

"유명인인데, 당연하지."

"그렇습니까."

에이겔이 관심도 없다는 듯이 말했다.

붙임성이 안 좋지만 쿼츠는 화를 내지는 않았다. 애초에 화를 낼 기력도 없다.

"……대체 어떻게 내 미래시를 깬 거지?"

"인지 조작 매직 아이템입니다."

에이겔이 마술의 트릭을 밝히는 것처럼 품에서 연한 하늘색의 작은 수정을 꺼냈다.

"당신의 '미래시'는 일정 범위에서 자신이 인지한 '현 상황'을 기반으로 '미래의 정보'를 도입해서 결과를 추리하는 방식이죠? 즉 '미래시'를 전개하려면 '현 상황'의 정보가 필수 불가결. 전제조건인 '현 상황'의 정보를 조작하면 미래시는 정확한 결과를 산출할 수 없습니다."

"그런 어이없는 방법이었다니……. 미래를 볼 수 있는 동지를 찾은 줄 알았는데, 안타깝군."

"그렇게 비관할 건 없습니다. 미래를 연구하는 자들이 있거든요. 저도 조금 거들었죠."

에이겔이 쿼츠에게 손을 내밀었다.

쿼츠의 뇌리에 주마등이 지나갔다.

이 상황에 죽음을 각오하지 않는 자는 없다.

그때 에이겔의 움직임이 멈췄다.

"……누굴까?"

무시할 수 없는 기척의 존재를 감지하고 있었다.

기척의 주인은 숨지도 재지도 않고 당당하게 붕괴한 건물 위에서 내려다봤다.

"어이쿠, 들켰나."

은색과 분홍색이 섞인 머리카락이 전투로 인해 달궈진 공기에 휘날렸다. 동글동글하고 커다란 눈동자가 에이겔과 쿼츠를 번갈아 바라보았다.

"뜻밖이군요. 현 마족의 최강자를 여기서 만나다니."

"프라우퓨 아이리……! 왜 네놈이 여기에 있지!"

퓨리라는 애칭으로 불리는 중성적인 얼굴을 가진 소년은 7대 마귀족의 영지를 네 곳이나 보유하고 있는 가장 유력한 차기 마왕 후보다. 같은 마왕 후보인 쿼츠와는 거의 적대 관계나 마찬가지였다.

"왜냐니, 쿼츠 군을 도우러 왔잖아."

"뻔한 거짓말을……!"

쿼츠가 말을 잇기도 전에 퓨리가 시야에서 사라졌다.

퓨리가 가벼운 발걸음으로 에이겔과 쿼츠 사이를 파고들었다. 에이겔은 쿼츠의 바로 앞에 있었기에, 자연스럽게 물러날 수밖에 없었다.

에이겔은 좀처럼 공포를 느끼지 않는다. 그게 그의 결점이자 장점이기도 하다.

그런 그가 드물게도 퓨리에게 공포를 느꼈다.

"여어, 인간족의 에이겔 군."

퓨리가 얼굴을 가까이 댔다.

"아하하, 제가 유명하다는 건 진짜인 것 같네요. 이런 거물까지 저를 알고 있을 줄이야."

쿼츠가 약한 게 아니다. 그 또한 분명히 마왕이 될 자격이 있다.

하지만 퓨리는 격이 다르다.

7대 마귀족의 영토 중 네 곳을 지배하고 있으며, 남은 세 곳은 의도적으로 남겨두었을 뿐이다. 마왕이 되는 조건은 네 곳 이상의 영토 지배이므로, 마음만 먹으면 언제든지 마왕이 될 수 있다.

무관일 뿐이지 역대 마귀족 중에서 최강인 건 틀림없다.

"그래서 에이겔 군. 이 사태를 어떻게 수습할 작정이지?"

그 대단한 에이겔도 이 사태는 예상하지 못했다.

이곳은 쿼츠의 영지다. 다른 마귀족이 영지에 발을 들이는 것은 침략을 의미한다. 즉 전쟁이다. 그러나 쿼츠가 무방비해진 틈을 노린 침략이었다고 해도, 이곳에 도달하는 게 너무 빠르다.

다른 이라면 모를까 퓨리를 상대로는 대응이 어렵다.

"뭐, 도망쳐야죠."

에이겔이 전이 마법 매직 아이템을 꺼냈다.

재료를 구하기도, 제작하기도 몹시 어려워 세상에 몇 없는 도구였다. 웨이라 제국의 여제인 루이나 같은 이들이나 가지고 있을법한 물건이다.

하지만 에이젤은 스스로 만들어내는 것도 가능했다. 그것도 이전보다 업그레이드해서.

"――무슨 수로?"

퓨리가 씨익 하고 입을 초승달 형태로 만들었다.

에이젤의 등에 식은땀이 흘렀다.

"이게 어떻게 된 겁까……."

전이 마법이 전개되지 않았다.

"내 동료가 우수한 거겠지?"

퓨리가 그렇게 말하고 품에서 매직 아이템을 꺼냈다.

에이젤은 그게 전이에 어떠한 영향을 끼치고 있다고 느꼈다.

"행동을 예측한 겁까."

"응."

퓨리가 귀여운 얼굴로 긍정해 보였다. 순진무구하게 보이는 용모도 맞물려서 처참한 광경과 언동의 어긋남이 두드러졌다.

너무나도 단적인 대답이었지만 이는 결코 과장이 아니다. 무엇보다도 퓨리에게 유리한 현실이 거짓말이 아니라는 것을 보여줬다.

절망적인 상황인데도 에이젤의 눈은 죽지 않았다. 뭔가 다른 타개책이 있는 건 아니다.

"어떻게 한 겁까?"

성공에 확신이 있었던 계획이 실패했다. 그 구조에 흥미가 생겼다. 그것만으로 죽음의 공포를 극복하고 있었다.

"대단하네. 이런 상황에 빈정대는 것도 체념도 아닌 순수한 질문이 나오다니."

퓨리가 대단히 감탄했다.

그렇기에 계속해서 말했다.

"아니꼽지만, 네게 경의를 표해 특별히 가르쳐주지. 여신 아스테라가 마족령을 공격할 때 널 보낼 걸 예상했어. 넌 다양한 매직 아이템을 만들어냈지. 일상생활에서 전문 연구까지, 인간의 발전을 30년은 앞당겼지. 그것도 모자라 전투용 매직 아이템도 만들었지. 그런 기술력이면 마족령을 공격하는 건 어려운 선택이 아니지."

그뿐만이 아니야, 라며 퓨리가 틈을 주지 않고 말했다.

"넌 단신으로 퀴츠를 쓰러트렸어. 날 어쩌지 못하더라도, 여신 아스테라에겐 그걸로 충분하겠지. 최대한 마족령에서 날뛰어서 전쟁의 계기를 만들기만 하면 되니까. 설령 일이 틀어져서 도중에 죽더라도, 결국 대륙은 혼란에 빠지겠지. 무수한 특허를 가진 '현자'가, 많은 사람을 도운 개발자가 마족 땅에서 죽었다고 하면 전쟁의 불씨가 될 테니까. 그래서 네가 올 거라고…… 아니, 사람이 온다면 반드시 너라고 생각했어. 그러면 당연히 나를 제외한 권력자, 퀴츠를 노릴 것도 예상할 수 있지."

에이겔이 머리를 긁었다.

시선을 하늘로 향하며 생각을 정리했다.

"그렇군요. 그런데 그 이야기에서 도저히 납득이 안 되는 점이 하나 있슴다."

"뭔데?"

"당신의 이야기가 성립하려면 전제조건이 필요함다."

"흐음?"

퓨리가 흥미롭다는 듯이 고개를 들었다.

"당신은 마치 아스테라가 실존하고, 그녀가 저를 이용해 공격을 지시했다는 것처럼 말하고 있슴다."

"에이겔 군은 여신 아스테라의 존재를 부정하는 거야?"

"아뇨."

"그럼 실존하는 걸 알고 있는 거네."

"그건 억지 논리죠."

"아무래도 좋아. 있다는 걸 알고 있다면."

어차피 결말이 나지 않을 문답이었다. 이건 퓨리가 넌지시 던진, 대화의 끝을 고하는 사인이었다.

에이겔은 쓸데없이 문답을 반복한 게 아니다. 속으로는 몇 번이고 이 상황을 모면할 방법을 모색했다.

결국 아무런 방법도 찾지 못했지만.

"날 잊지 마라!"

그 순간 쿼츠가 손을 뾰족하게 만들고 에이겔을 노렸다.

완전히 방심했던 에이겔은 피할 수가 없었다.

그러나 쿼츠가 날린 회심의 일격은 뜻밖의 방문자에 의해 허무하게 막히고 말았다.

"이거, 무슨 상황이야?"

"왔구나, 지드 군."

퓨리가 경쾌한 목소리로 그의 이름을 말했다.

전장에 기묘한 정적이 흘렀다. 지드가 여기 나타난 의도를 읽을 수 없기 때문이다.

잔해더미에서 목재가 허물어지는 소리가 귀에 거슬릴 정도였다.

◇

서둘러 왔지만 마족령은 이미 불길에 휩싸여 있었다.

"좀 늦었나……. 퓨리, 에이겔이 어디까지 저질렀어?"

"보다시피. 그나마 다행히 사망자는 안 생긴 것 같아."

퓨리가 대답했다. 그리운 얼굴이다.

내가 막은 팔은 쿼츠의 팔이었나. 꽤나 심하게 당한 상태다. 쿼츠는 내가 거북한지 시선을 피하며 팔을 뿌리쳤다.

"그나마 다행이네. 이 피해는 인간 측에서 책임지고 보상할게. 그러니 이 자리는 놓아줘."

퓨리는 고개를 갸웃했다.

"어라? 그냥 에이겔 군을 데리러 온 거야?"

"맞아, 가능하다면 평화적으로 해결하고 싶어."

"하핫, 이건 조금 의외인걸. 아스테라의 지시로 온 게 아니구나?"

이건 내게도 뜻밖의 질문이었다.

퓨리는 아스테라에 대해 뭔가 아는 눈치였다.

부디 그와 관련해서 이야기를 듣고 싶지만, 지금은 에이겔을 데려가는 게 우선이다.

"오히려 그 반대야. 난 에이겔을 아스테라로부터 지키기 위해 온 거야."

"날 여신 아스테라로부터 지키기 위해……?"

에이겔이 입을 떡하니 벌린 채로 되뇌었다. 상황이 이해되지 않는 눈치였다.

"지드 군은 아스테라가 뭘 노리는지 알고 있나 보네. 길드 마스터가 한 말이 사실이었군."

"너야말로, 아스테라의 목적을 알고 있어?"

"물론. 지드 군이 적이 아니라면 가르쳐 줘도 되겠지? 내가 아는 범위에서 전부 말해줄게."

나도 대강의 사정은 리프와 루이나에게서 들었지만, 새로운 정보가 있을지도 모르니 고개를 끄덕였다.

"여신 아스테라의 목적은 마족과 인간족 사이에 전쟁을 일으키는 거야."

"잠깐, 내가 아는 정보랑 다른데? 아스테라는 용사나 마왕같이, 규격을 벗어난 존재를 제거하는 게 목적이 아니었나?"

"그게 무슨 소리야?"

"마왕을 토벌한 후, 용사 파티는 아스테라의 관리하에 있는 '배신자'에 의해 마지막으로 한 명이 남을 때까지 동료끼리 서로 죽이는 싸움을 하게 돼. 그 이유는 너무 강해진 이들이 대륙을 혼란에 빠뜨릴지도 모르기 때문이고. 우린 그런 희생을 치르지 않기 위해 움직이고 있어."

더 말하자면 아스테라의 지배에서 벗어나기 위해서지만.

"흠~. 내가 알아낸 것과는 꽤나 다르네."

퓨리가 입을 삐죽 내밀고 의문을 품었다.

얌전해진 쿼츠가 말했다.

"네가 알고 있는 건 뭐냐."

"너희는 마족과 인간족이 얼마나 전쟁을 반복했는지 알고 있어?"

"22회다."

쿼츠는 즉답했다.

그건 인간족도 공통적으로 알고 있는 것이라 나도 떠올리고 고개를 끄덕였다. 에이겔도 지식으로 알고 있는 것 같았다.

하지만 퓨리는 함정에 잘 걸려줬다고 말하는 것처럼 즐거운 듯이 고개를 좌우로 저었다.

"그런데 실은 그게 아니란 말이지! 우리가 아는 건 수십 분의 일도 되지 않아."

수십 분의 일? 그럼 전쟁이 수백 회에 달한단 말인가?

나도 놀랐지만, 무엇보다 바로 답한 쿼츠가 순간적으로 입을 열었다.

"그게 무슨 궤변이냐!"

"우리 쪽에 연구를 좋아하는 마족이 있어서 말이야. 그 녀석이 우연히 발굴한 자료가 있었어. 그 자료에 따르면 우리의 전 세대……

그러니까 몇천 년도 전부터 마족과 인간족이 전쟁을 하고 있었대."

"역사가 기록되기 전의 이야기인가? 그건 신화의 영역일 텐데!"

"아니, 신화보다 더 전의 이야기야."

"그런 게 남아있나요? 보존은 어떻게 했죠? 문자는 현재와 같은가요? 애초에 몇천 년도 더 전이라는 건 어떻게 알았죠?"

"이봐, 말도 안 끝났는데 질문을 쏟아놓지 말라고."

퓨리가 어이없다는 듯 쓴웃음을 지으며 말했지만, 에이겔이 눈빛으로 재촉하는 바람에 어쩔 수 없이 답변해주었다.

"기록이 지금까지 보존되어 있던 건, 그 시대의 기술력 덕분이야. 로스트 테크놀로지라는 거지. 시기는 매직 아이템이 출토된 지층과 열화 정도를 종합 분석해서 추측한 거야. 그리고 내용을 쉽게 해석할 수 있었던 건 문자가 현대의 문자와 같기 때문이지. 신기하지? 이렇게나 긴 시간이 지났는데 문자가 같다니."

퓨리는 에이겔의 질문에 하나하나 답을 나열했다.

쿼츠는 이것도 의심쩍게 생각하는 모양이었지만, 나는 직감으로 퓨리가 진실을 말했다는 걸 알아챘다.

나는 아스테라에 관한 진실을 다소 알고 있기에 이런 사실이 그다지 놀랍지 않았다. 어쩌면 현대의 상식에 그리 물들지 않은 탓일지도 모르고.

"결국 아스테라의 목적은 오래전부터 줄곧 전쟁이었다고?"

"내가 보기에는 목적이라기보다, 전쟁 자체를 즐기는 것 같아. 지금까지 두 종족은 이렇게까지 해야 하나 싶을 만큼 대립하며 전쟁을 벌여왔잖아? 이만큼 반복하면 보통은 질리기 마련인데 말이야. 이쯤 오면 누군가가 의도적으로 개입했다는 생각이 들어도 이상할 게 없지."

이 가설이 사실이라면 아스테라는 그야말로 순수 악이다. 구역질이 나올 만큼 끔찍한 이야기다.

하지만 퓨리는 이 이야기를 담담하게 내놓았다. 마치 달관한 듯한 반응이었다.

"구역질이 나오는 이야기지만, 당장은 아스테라의 심리를 확인할 방법이 없잖아. 우선은 아스테라가 만든 이 폭주사태를 멈춰야 해. 그리고 가능하다면 아스테라를 쓰러트려야지. 그게 인간 측의 뜻이야."

"그렇구나. 일단은 우리도 협력할게. 길드 마스터는 마족에게도 우호적이고, 그간 길드에 받은 도움도 있으니……."

사실 협력이라고 해도 전면적인 신뢰 관계는 아닐 거다. 우리가 모르는 시대부터 조금씩 축적되어 온 불화를 한순간에 불식할수는 없으니까. 이렇게 손을 잡은 것만으로도 큰 진보이다.

"에이겔은 어쩔래?"

"애초부터 마족의 일인자와 싸울 생각은 없었슴다."

"웃기지 마! 나는 영지에 피해가 생겼다고! 네놈만은 절대로 그냥 보낼 수 없어!"

퀴츠가 분노하여 소리쳤다. 기회만 있으면 당장 에이겔에게 복수할 것 같았다.

그러자 퓨리가 퀴츠의 어깨를 주무르면서 미소를 지었다.

"진정하자고~ 그건 내가 어떻게든 해줄 테니까."

"프라우퓨 아이리의 손 따위를 빌릴까 보냐!"

"어, 정말? 나는 네가 이 두 사람에게 공격당해도 안 도와줄 건데? 진짜 계속하려고?"

퓨리가 짓궂게 몸을 좌우로 흔들면서 쾌활하게 말했다. 이에 퀴츠는 '큭……!' 하고 말문이 막혔다.

동족인데도 자비가 없네.

하지만 이걸로 어떻게든 해결될 것 같다.

"퓨리가 있어서 다행이야. 나도 되도록 여기서 싸우고 싶지 않아."

"아하하, 그건 나도 마찬가지야. 혹시 내가 저번에 지드 군한테 했던 이야기, 기억해?"

"나더러 마왕이 되라고 했던 거? 아, 그런가. 넌 그때부터 이미 아스테라에 대해 알고 있었구나."

"맞아. 네가 같은 편이라서 참 다행이야."

용사가 마왕이 되면 마족과 싸울 일이 없다. 하지만 내가 제안을 거절하는 바람에 퓨리는 나와 교류를 맺는 식으로 방법을 바꿀 수밖에 없었다. 내가 용사가 되어 마족과 맞서면 아스테라를 향한 저항은 요원한 일이 되니까.

그렇게 생각하면, 내가 측근 셋을 쓰러뜨렸을 때 퓨리는 여러모로 오싹했겠군. 아스테라에게 저항하기는커녕 마족령이 쑥대

밭이 될 위기였으니.

그럼 퓨리가 마왕이 되지 않은 것도 아스테라에게 저항하기 위해서라고 볼 수 있으려나.

"그럼 에이겔은 이대로 내가 데려갈게. 다른 마족의 눈에 띄기 전에 떠나야지. 이 이상 문제를 키울 순 없으니까."

"오케이~!"

"큭…… 어쩔 수 없군."

마족 측의 양해는 얻었다.

에이겔에게 손을 내밀었다.

약간의 시간이 지나고 에이겔이 손을 포갰다.

"전이."

시야가 점멸했다.

◇

음울한 검은 옷을 입은 한 남자가 그림자에 숨어 골목을 지나고 있었다.

이 남자의 이름은 레 에곤.

본래는 어느 중견 국가의 재상이었으나, 나라를 향한 충성심 대신 '아스테라의 추종자'로서 이득을 취할 생각만 가득한 자였다.

그러나 '아스테라의 추종자'가 해체되면서 그의 생활은 격변했다.

그가 머물던 나라는 이웃 나라에 흡수당해 사라졌고, 그동안

그가 저지른 악행도 세상에 드러나고 말았다.

그나마 다행인 것은, 그보다 더 악독한 죄인들이 있어서 상대적으로 레 에곤의 죄질이 가벼워졌다는 점이었다.

덕분에 그는 목숨만은 부지할 수 있었지만, 그간 쌓은 모든 재산을 몰수당하고 말았다.

그렇게 모든 걸 잃은 레 에곤은 자연스럽게 뒷세계로 흘러 들어갔다.

호화로운 방에서 완전히 겁에 질린 여자에게 둘러싸여 보고하러 온 남자를 맞이하고 있었다.

"이, 이번 달의 수지 상황입니다……."

남자가 쭈뼛쭈뼛 건넨 것은 몇 장의 자료였다.

레 에곤은 받아서 훑어봤다. 그리고 노골적으로 얼굴을 찌푸렸다.

"칫…… 또 줄었나. 어이, 제대로 약을 뿌리고 있나?"

"그, 그렇다고 들었습니다……."

"모처럼 모은 돈이 줄어가기만 하잖아. 앙?"

레 에곤은 '아스테라의 추종자' 붕괴 후의 혼란을 틈타 많은 법을 어겨왔다.

처음엔 인신매매였다.

각국의 기사단이 요인 체포와 민중의 규탄으로 불안정해진 중추의 수비를 굳히는 사이에 도적을 이용해 변경과 개척 중인 마을 사람들을 공격하게 했다.

당연히 금품도 강탈했다.

그렇게 얻은 자금으로 도박장 운영과 약물 매매 등으로 혼란을 좋을 대로 이용하고 있었다.

하지만 전란의 폭풍이 지나간 지 오래인 요즘은 감시도 삼엄해져 그의 자금원도 축소 일로를 걸었다.

보고하러 들어온 남자는 레 에곤의 꾸중을 듣고 있다는 것을 깨닫고 눈을 감고 기어들어 가는 목소리로 중얼거리듯이 말했다.

"그, 저기, 죄송합니다…….'

"흥. 됐다, 신경 쓰지 마라."

남자의 떨면서 두려워하는 태도에 만족한 레 에곤은 콧방귀를 뀌면서 관대함을 과시하듯이 용서해 보였다.

"가, 감사합니다……!"

남자가 감사했다.

레 에곤은 뒷세계에서도 상당한 권력자가 되었지만, 그를 지키는 호위는 없다.

하지만 남자가 살의를 보이더라도 레 에곤은 몸을 지킬 수단이 있다.

남자의 목은 옷깃에 가려져 있었다. 그 옷깃 틈으로 두꺼운 초커가 겨우 보였다. 장식되어 있기 때문에 얼핏 보면 패션이라는 착각이 든다. 하지만 그게 노리는 것이다.

예전에 대륙에 나돈 비인도적인 '노예의 목걸이'라는 매직 아이템.

그건 잘 만들어진 도구라서 말이 통하는 생물을 어떻게든 조종할 수 있다.

명령에 복종하지 않는 자를 간단히 죽이는 것도 가능하다.

남자가 차고 있는 것은 그 열화판이었다.

키이이이이이잉 하고 소리가 났다.

"에, 어, 어째서…… 큭…… 이, 이걸 멈춰……!"

"까아아아!!"

남자가 거품을 물면서 레 에곤에게 도움을 청했다.

주변에 여자들이 비명을 질렀다.

하지만 레 에곤만은 유일하게 귀찮다는 듯이 익숙한 모습으로 내려다보고 있었다.

"하, 또 오작동인가. 싸구려는 이게 문제야."

예전에 존재했던 '노예의 목걸이'는 제조 방법마저 아무도 모르게 사라졌다.

설계도를 보유한 것만으로도 중죄가 된다.

하지만 뒷세계에서 사는 레 에곤에겐 그런 건 아무래도 상관없었다. 납치해온 연구자를 이용해 모조품을 만들게 했다. 하지만 결과는 조악했다. '오작동'은 흔한 일이었다.

결국 남자의 숨이 끊어졌다.

레 에곤에겐 익숙한 광경이었다.

여자들의 목에도 노예의 목걸이가 채워져 있었다.

"어이, 시끄러워. 떠들지 마."

레 에곤이 말하자 여성진은 참지 못하고 오열하면서도 입은 꼭 다물고 있었다. 거역하면 죽는다는 것을 알고 있기 때문이다.

지금 그는 왕이 된 기분을 느끼고 있었다.

언제 암살당할지, 언제 체포될지 알 수 없다. 하지만 그래도 왕이다. 그래서 그는 목걸이를 한 사람 외에는 접근을 허락하지 않았다. 타인을 믿지 않기 때문이다.

그때, 그에게 손님이 찾아왔다.

용모가 아름다운 소녀와 그녀의 호위병들이었다.

"오랜만이네요, 레 에곤 님."

"휘프 스틸비츠……?! 당신이 어떻게 여길!"

휘프는 스틸비츠의 공주였으며, 레 에곤은 한 나라의 재상이었던 남자다. 친분은 없더라도 서로 면식 정도는 있는 게 당연했다.

"이런 유명 인사를 제가 모를 리가 없잖아요?"

휘프가 싱긋 미소 지었다.

그 말투는 온화해서 동요하고 있는 레 에곤에게 작은 안도감을 줬다. 상황은 무엇 하나 바뀌지 않았음에도 불구하고.

그건 휘프의 재능이라 해도 좋을 것이다.

"……절 잡으러 온 겁니까?"

"아니요. 저는 당신을 도와주러 왔답니다."

"돕는다니……?"

레 에곤은 뒷세계에서 살고 있다. 잔학성과 부도덕한 행동으로 웨이라 제국과 길드에 의해 정치 무대 등에서 추방됐기 때문이다.

이에 원한을 품은 그는, 제국과 길드의 독재를 규탄한다는 명분 아래 저항군을 조성했다.

처음엔 지지자가 제법 있었다. 웨이라 제국과 길드가 일으킨 전란으로 인해 몰락한 무고한 사람들도 있었기 때문이다.

하지만 결과적으로 레 에곤 주변에 남은 건 뒷세계에서 사는 사람들이었다. 그의 행실을 생각하면 당연한 결과였다.

결국 저항군은 흐지부지됐고 레 에곤은 그대로 뒷세계에 정착했다.

"웨이라 제국과 길드가 계속 세력을 확대하고 있습니다. 저는 그걸 더는 좌시할 수 없습니다."

레 에곤은 휘프의 의도를 알아챘다.

"아~ 그렇군요. 스틸비츠도 웨이라 제국에 신세를 졌었지요."

"예, 몹시 불쾌한 일이었지요."

레 에곤이 고개를 끄덕였다. 그는 휘프가 웨이라 제국에 원한을 품고 있다고 생각했다.

"큭큭, 우연이군요. 저도 여제와 암여우가 지긋지긋하던 참이었는데. 전횡이 도를 지나쳤습니다."

에곤은 재상 시절의 단물을, 아니 더 큰 이득이 욕심났다.

뒷골목 음지의 왕이 아니라, 진짜 왕의 자리를.

"그런데 꼴을 보아하니 제가 잘못 찾아온 것 같군요. 이분은 뭐죠? 죽은 건가요? 저 여성들은 또 뭐고요?"

"아아, 이거 큰 실례를! 이 자는 지병이 있어서 말이죠. 이 여성들은 시중을 드는 자들이고…… 자, 이 자를 간병하고 휘프 님께 차와 과자를 내드려라!"

쓰러진 남자는 누가 봐도 이미 죽은 게 분명했고, 여성들의 옷도 시중을 든다기에는 노출이 많았지만, 레 에곤은 억지로 얼버무렸다.

그녀들이 남자를 만지는 걸 주저하자 레 에곤이 째려보며 재촉했다.

휘프의 눈빛에는 분노가 담겨있었지만, 레 에곤은 재상 시절의 경험이 있음에도 전혀 알아채지 못했다.

휘프가 웃는 얼굴을 꾸미며 말했다.

"그럼 웨이라 제국과 길드를 어떻게 쓰러트릴지, 의논해보죠."

제2화 결혼

길드 본부 바로 앞에 전이해서 우리는 길드 마스터실까지 계단을 올랐다. 문을 노크하자 대답이 돌아왔다.

안에 들어가니 리프가 있었다.

에이젤은 거북한 듯이…… 있지는 않고 지극히 평범한 표정으로 상대하고 있었다.

"무사히 데리고 왔구먼."

"그래, 자세한 이야기는 아직이지만, 역시 아스테라의 지시였던 거 같아. 다만 다행히 사망자는 없었어."

아스테라의 지시라는 게 밝혀졌지만, 정작 리프는 그다지 납득이 가지 않는지 작은 머리를 갸웃거렸다.

그러고는 회유하듯 온화하게 말했다.

"에이젤이여, 어찌하여 아스테라의 명령에 따른 겐가?"

리프의 말투가 통한 건지, 아니면 애초에 경계심이 없는 건지, 에이젤은 담담하게 설명했다.

"전 연구에만 몰두하는 생활을 보내고 있었습다. 그래서 국제 정세 같은 건 거의 모르는 상황이었죠. 저는 그저 이치에 따랐을 뿐임다. 다들 그렇게 살고 있지 않습니까? 이치에 따라 아이는 부모님의 가르침을 따르고, 은혜를 받으면 갚습다. 만약 모두가 아스테라를 따른다면 그 또한 제게는 이치라고 할 수 있는 겁다."

문득 그는 나와는 근본적으로 다른 타입이라고 느꼈다.

에이겔 같은 사람을 표현하는 구체적인 호칭은 모르지만, 말로 표현한다면 논리로 사는 사람일지도 모른다.

"그렇다면 마족을 공격하는 데는 아무런 위화감도 못 느꼈나?"

"그 또한 역사 전체를 돌아보면 납득이 가는 일임다. 인류는 오랜 기간 아스테라의 명령 아래 용사를 보내어 마왕과 사투를 벌였으니까요."

"큭큭. 과연, 그런 발상이구먼!"

리프는 웃으며 넘겼지만, 사실 리프는 웃을 기분이 아닐 거다.

그녀도 아스테라의 지시 아래 용사 파티의 일원으로 마족과 싸웠다.

그때 과연, 마족의 피를 한 번도 손에 묻히지 않았을까? 그럴 리 없다.

아스테라에 실컷 놀아나 마족을 죽이고 끝에는 동료까지 잃었는데, 괴로운 게 당연하다.

"제 행동을 긍정하는 겁까?"

"아니, 그건 아닐세. 그건 마족과 인간이 화합하는 시대에 어울리지 않는 행동이네. 또 이런 일을 저지른다면 전력으로 막을 걸세. 필요하다면 감옥에 넣는 한이 있어도 말일세. 저지른 일에 따라서는 처벌도 받게 될 걸세."

"지드 씨도 같은 의견임까?"

에이겔이 대뜸 나의 의견을 구했다.

"응."

"그렇군요. 그럼 아스테라의 방식은 버리고 지드 씨의 견해를 따르겠습다."

뭐지, 이 압도적인 신뢰는?

"카카카! 잘 됐구먼. 자네의 인품 덕이야!"

그런가⋯⋯?

⋯⋯그렇다고 해두자.

그 후, 리프는 에이겔에게 아스테라에 대한 대응책을 알려줬다.

에이겔도 차후 표적이 될 가능성이 크니까.

목소리가 어떻고, 어떤 식으로 다가오는가 하는 등의 정보였다.

그 후에는 마족에게 어떻게 보상할지를 의논했다.

좋은 대화 주제는 아니었지만, 분위기가 나쁘지만은 않았다.

"그럼 에이겔은 오늘은 이만 끝내도 좋다. 호위를 붙여줄 테니, 더 필요한 게 있으면 말하도록."

"알겠습다."

그렇게 말하고 에이겔이 방에서 나갔다.

나만 남겨진 이유는 알고 있다.

"전쟁 쪽은 어때?"

"음, 좀⋯⋯."

리프가 거북한 듯이 손가락과 손가락을 맞댔다.

꼭 나와의 대화를 피하는 것 같았다.

"그쪽에도 아스테라가 영향을 끼쳤어?"

리프가 이렇게까지 말하기 어려워한다면 상황은 상당히 절박할지도 모른다.

아스테라에게 에이겔을 움직이는 건 여흥이었던 걸까.

"전쟁이 확대될 것 같네. 다양한 세력이 전쟁에 뛰어들 조짐을 보이고 있네."

리프가 말은 대체로 들어맞는다. 이건 전조인 거다.

"에이겔은 구출했으니까 당장 그쪽으로 갈게."

"그게 말이네…… 사태는 상당히 최악이네. 각지에서 게릴라전 같은 싸움이 발생하고 있어. 각국의 중요 인물을 습격해서 위기감을 부추기고, 민간인 학살 이야기도 나오고 있네. 길드와 웨이라 제국이 서로 싸운다는 이야기도 있을 정도야. 이대로 가면 길드도 제국도 와해될지도 모르는 상황인데……."

……이건.

서론이다.

뭔가 묘한 예감이 들었다.

리프는 항상 결론부터 말한다.

정말 이야기하기 쉬워야 하는데.

비유하자면 앞으로 판결을 내리는 걸 기다리는 듯한 그런 기분이다.

"그럼 난 어떻게 하면 되는 거야?"

"일단 같이 와줬으면 하네. 전이해도 괜찮은가?"

리프가 손을 내밀었다.

거절할 이유도 없어서 손을 잡았다.

전이한 곳은 호사스러운 방이었다.

아이템 하나하나에 돈이 들었을 것 같고, 무엇보다도 넓었다. 천장은 거인족에게 맞춰서 만들어진 게 아닌가 싶을 정도로 높았다.

그 방에는 먼저 온 손님 두 명이 있었다.

"왔는가, 리프."

"기다리게 했구먼, 루이나."

루이나다.

쿠에나와 배다른 자매라고 하는데 정말 많이 닮았다. 지기 싫어하는 성격이라던가, 용모가 단정하다는 점이라던가.

앉으라고 해서 리프 옆에 앉았다.

"유이에게 이야기는 들었다. 그쪽도 실정은 이미 이해하고 있을 거라 생각한다. 웨이라 제국과 길드 분단 공작이 시작된 것 같다. 아스테라가 귀찮은 잔꾀를 쓰는군."

"아무래도 연계가 잘 안 되는 것 같구먼."

"무얼, 이정도는 예상하던 범주다. 인간 최대 세력 둘이 손을 잡았으니, 파벌로 보는 시선이 나올 수밖에."

"빈틈을 잘 찔렀어."

"상대는 아스테라의 지시로 움직이고 있다. 이정도는 당연하겠지."

어딘지 나에게 들려주는 듯한 말투였다. 대화가 지나치게 매끄럽다나 할까? 리프가 루이나에게 계속 동조하는 건 보기 드문 일인데.

마치 둘이 대화를 짰나 싶을 정도였다.

"잠깐, 두 사람. 대화 중에 미안한데, 뭔가 소란스럽지 않아?"

"아, 신경 쓰지 마라. 나와 너의 결혼식을 준비 중이라 그렇다. 소란스러울 만도 하지."

"흠, 나와 루이나의 결혼식을 준비 중이었구나. 그야 소란스러울 만도 하네."

리프가 한숨을 쉬며 얼굴을 손으로 가렸다.

탐지 마법으로 이곳이 어떤 곳인지 짐작은 했다. 마법 방해 매직 아이템이 가득한 탓에 평소보다 조금 오래 걸렸지만.

리프가 직접 전이할 수 있었던 것도 미리 이야기가 됐기 때문이다. 아마 지금은 불가능하겠지.

심지어 이전에 쿠데타가 있었으니, 경비를 더욱 강화했을 것이다.

하물며 이곳은 웨이라 제국 제도의 중추 중의 중추, 왕성이다. 이런 곳이 소란스러울 일이야, 나와 루이나의 결혼식 정도가 아니면 있을 수 없는 일이다.

결혼식이란 남녀가 서로 장래를 맹세하는 것이다. 여제인 루이나가 식을 열면, 준비만으로도 야단법석이 벌어진다. 게다가 상대는 나니까.

"――――나랑 루이나의 결혼식?!"

"아무리 그래도 반응이 너무 늦잖나."

리프가 손가락 틈새로 날 엿봤다.

그래서 리프가 그렇게 변명 같은 서론을 말한 건가. 그것은 역시 루이나가 진행하고 있는 계획을 알고 있었다는 뜻이 된다.

"지드는 길드의 간판 중의 간판이다. 실력은 대륙 제일. 그리고 난 인류 최강 국가 웨이라 제국의 정상. 그 두 사람이 결혼하는 거다. 웨이라 제국과 길드의 관계는 더욱 공고하게 보이겠지."

"하지만 관점에 따라서는 웨이라 제국이 날 빼돌렸다는 느낌도 받지 않을까?"

"그건 어떨까. 오히려 제국이 가담했다고도 생각할 수 있지. 자네의 힘은 대륙을 크게 바꿀 수 있을 정도지만, 지위도 영향력도 루이나가 위니까."

"그리고 제국은 길드를 공적인 조직으로 인정하지. 다양한 제도 완화와 필요한 지원, 정보 공개도 하겠다. 또한 상호불가침적인 부분에 대해서는 엄격한 약속도 하겠지만, 마침 영토와 자원이 늘어나 상조조직 확대가 급선무였으니까."

리프와 루이나의 압력이 대단하다.

그녀들 사이에서는 이미 결정된 약속이었을지도 모른다.

"만약에 거절하면 어떻게 돼……?"

스스로 무서운 걸 물었다고 생각했다.

그녀들의 표정이 일변해서 진지하게 변했다.

"'아스테라의 추종자'와의 싸움에서는 제국과 길드의 전면전이 상정되어 있었네. 하지만 결과적으로 그 녀석들은 궤멸했지. 그 것도 깔끔하게. 그건 그 녀석들이 키워온 토대가 한 번의 싸움으로 무너져 내릴 정도로 연약했기 때문이네. 이 몸과 루이나가 내부에 숨어있었던 것도 컸다네."

"하지만 이번엔 오합지졸이라고는 해도 규모가 다르다. 만약 제국과 길드의 사이가 틀어지기라도 해봐라. 지금처럼 게릴라전을 펼치면 대륙 전토에서 장기적인 싸움을 하게 되겠지. 그렇게 되면 희생이 얼마나 늘어날지 알 수 없다."

"경제적인 손실도 엄청날 게야~."

"파고들 틈을 주면 다른 종족에게 공격당할지도 모르지."

"그렇게 되면 우리도 눈앞에 닥친 싸움으로 힘들어질걸세. 아스테라가 생각하는 대로 되겠지~."

"진압하려고 해도 시간만 흐르고 아스테라 토벌은 새로운 세대로 넘어가게 되겠지."

"다음 세대에도 지드 같은 남자가 나타날는지~."

"아스테라에 대항할 수단은 많지 않다. 더구나 우리의 수명이 다한 후, 다음 '최강'이 아스테라의 편이 될지도 모르지."

"이대로 아스테라의 지배가 계속될지도 모르겠구먼~."

·················.

············.

······.

애들한테 뭐라고 말하지…….

◇

크제라 왕국, 왕도.

한때는 소란스러운 곳이었지만 지금은 안정을 되찾았다.

쿠에나와 모두에게 할 변명을 생각하며 거리를 헤매던 나는 구석에서 위그를 발견했다.

금색 머리카락을 가진 단정한 남자, A랭크 모험가이자 스틸비츠 왕국의 제1 왕자다.

그는 노을을 보면서 생각에 잠겨있었다.

"오랜만이네, 위그."

"형님 아니십니까! 뉴스에서는 여러 번 뵀는데, 잘 지내시는 것 같아 다행입니다!"

그는 꽃이 활짝 핀 듯한 웃음을 만들었다.

억지로 만든 표정이건만, 소녀가 보면 홀딱 반할 것 같다.

"무슨 일 있었어?"

"하하, 형님 앞에서는 감출 수가 없군요. ……실은 왕위 계승권을 두고 동생이랑 충돌하고 말았습니다. 선왕의 장례를 마친 지 얼마 지나지도 않았건만, 괴로운 일투성이에요."

"충돌? 설마 서로 죽이려고 싸우는 중이야?"

"그런 건 아닙니다. 그렇게까지 사이가 나쁜 건 아니었거든요.

그리고 저는 결국 순순히 휘프에게 왕위를 넘겼습니다. 그래서 제가 여기 있을 수 있는 거지요. 이럴 때는 온 세상 어디든 갈 수 있는 모험가 신분이 편하군요."

그래서 크제라 왕도에 있었던 건가.

만약 왕위를 이어받았다면 스틸비츠에 있었을 테니까.

내가 알고 있는 건 모험가의 측면뿐이라, 여기서 침울하고 있어도 위화감이 없다. 하지만 제1 왕자가 왕위 계승권 다툼에 졌다면 세간에서 큰 뉴스가 되지 않았을까.

"그럼 뭐가 문제이지? 왕위에 미련이 있어서 고민하고 있어?"

"솔직히 말하자면 딱히 관심은 없어요. 스틸비츠는 대국 사이에 끼어서 휘둘리기 쉬운 곳이라 다스리기 쉽지 않거든요."

위그는 자조하듯이 입꼬리를 올렸다.

"그럼 동생 때문인가."

"그렇죠. 휘프가 그런 행동을 할 줄은 몰랐어요. 너무 다른 사람처럼 변해서, 지금까지 모든 게 연기였나 싶을 정예요. 차가워졌다고 해야 할까, 무서워졌다고 해야 할까."

"원래 그런 성격이 아니야?"

"적어도 제가 아는 한에서는 아니었어요. 하지만 동생도 엄연한 왕위 계승자이니까요. 궁정은 항상 피비린내 나는 이야기로 가득하니까 이런 일이 있어도 이상하진 않아요."

나로서는 좀처럼 상상할 수 없는 이야기다.

하지만 태어날 때부터 왕족인 위그가 말하니 이런 일도 정말로 있을 것이다.

"그런데 어느 쪽 성격이 진짜이든, 네가 궁정에서 나온 이상 충돌할 일은 없는 거 아니야?"

"제 처지보다는 휘프가 걱정돼서요. 다른 사람의 감언에 속아 폭주하면 어쩌나 하고요. 휘프는 통치보다 결혼을 염두하고 매너나 교양을 중심으로 배웠어요. 꽃이나 악기나 요리 같은 거요."

어째 나하고는 연이 없는 이야기를 듣고 있는 것 같다. 교육에도 방침 같은 게 있는 건가. 나는 들판에 내던져놓는 꼴이었기에 인연이 없었다.

"정치나 무술은 잘 모르겠네?"

"그게 문제죠. 외교를 위한 화술이나 태도, 사고방식 같은 건 다소 익혔겠지만, 딱 거기까지예요."

"음, 그럼 잔뼈가 굵은 재상이나 장군에게 휘둘릴 수도 있겠네."

뇌리에 떠오른 안이한 감상을 말했다.

위그는 과거를 떠올리듯이 하늘을 우러러봤다.

"보통은 그럴 텐데…… 마지막으로 만났을 때는 이상하게도 그들이 휘프를 두려워하고 있었어요."

"와, 그게 사실이면 대단한걸? 지금까지 본성을 숨기고 있었을 뿐이지 루이나 같은 그릇인 거 아냐?"

"하하, 설마요. 휘프가 그런 무서운 여제가 된다니, 생각도 하고 싶지 않아요."

위그가 소름이 끼친다는 듯 자신의 몸을 안았다. 진심으로 싫

은 모양이다.

그래, 무섭지. 내가 제일 무섭다고 느끼고 있다고……

"그렇게 걱정된다면, 위그가 직접 봐주면 되지 않아?"

"저는 그래도 상관없지만, 주변 사람들은 생각이 다르거든요. 아마 제가 궁으로 돌아가면, 저를 왕으로 추대하여 권력을 잡으려는 자들이 움직일 겁니다."

여동생과 충돌의 불씨가 될지도 모른다는 건가. 그냥 가족으로서 걱정해주는 건데, 참 귀찮게 얽혀있다.

"……그럼 멀리서 지켜보는 수밖에 없을 것 같네."

"그렇네요. 빨리 다른 나라의 공주나 민간인이랑 결혼해서 궁정과는 관계없다고 하고 싶어요."

위그가 날 보고 싱긋 미소 지었다.

"결혼이라……."

그 말을 듣고 나도 모르게 가슴을 움켜쥐었다.

"왜 그러세요?"

"아아, 아니, 실은 나도 고민이 있어서……."

"저라도 괜찮으면 들어줄게요."

"그게 사실은…… 루이나랑 결혼하게 돼서 말이야."

위그가 깜짝 놀란 얼굴로 나를 봤다.

그만둬, 그 마음은 이해해.

"……그것참 우연이네요. 웨이라 제국의 여제와 같은 이름이라니."

위그가 당황한 얼굴로 말했다.

이해한다, 마음은 이해한다.

하지만 아쉽게도 고개를 끄덕일 수 없다.

"틀림없는 웨이라 제국의 여제, 본인이야……."

"수없이 온 대륙에 전쟁을 일으키고 있는 그 여제랑요?"

"대륙 지배를 노리고 있을 것 같은 그 여제랑."

"스틸비츠를 침공한 그 여제와?"

"아, 그러고 보니 그랬었지……."

그때 키스를 했던가.

다시 생각해보니 첫 키스 상대는 루이나였네.

더 이상 감각은 기억나지 않는다.

애초에 뜻밖에 일어난 일이라 실제로는 무슨 일이 일어났는지 도 몰랐지만.

"……큰일이네요, 형님도."

마음속에서 우러나온 느낌으로 위그가 말했다.

그 사람이 내 결혼 상대라서 큰일이라는 말은 좀 이상하지 않을까. 아니, 나를 동정해서 그렇게 말한 거겠지만.

위그가 보기에 난 악마와 결혼하는 것과 마찬가지일지도 모른다.

"도무지 실감이 안 나서 말이야. 이런 내가 결혼을 해도 되는 걸까? 나는 가족이 어떤 건지도 잘 모르고, 애초에 나는 내가 어떤 사람인지도 잘 모르는데?"

또 하나의 자신.

그 녀석이 있는 채로 결혼 같은 걸 해도 될까.

어느 쪽이 진짜 나인지도 모르는데.

"음…… 본의 아니게 결혼하는 거라면 좀 더 시간을 둬도 좋지 않나요?"

"그렇게 할 수 있으면 좋겠지만, 그럴 상황도 아니라서……."

"형님이 그렇게 말할 정도면 몹시 복잡한 상황인가 보네요. 음, 어렵네……."

위그가 팔짱을 끼고 고개를 갸웃했다.

어떻게든 날 위해 말을 해주려는 걸 알 수 있었다.

그 때,

"——쉿."

나는 위화감에 위그에게 눈짓했다.

여긴 크제라 왕도.

사람의 왕래는 절대 적지 않다.

그런데 나와 위그 이외의 기척이 없어졌다.

이럴 때는 본능적으로 사람이 지나가는 것을 피하는 경우가 많다.

혹은 누군가가 의도적으로 사람이 지나가지 못하도록 했거나.

어느 경우든 이 상황을 만들 수 있는 자는 실력이 상당히 뛰어나다.

즉——.

"누구냐."

내가 말하자 세 개의 기척이 멀어져 갔다.

(도망친다고?)

하지만 이곳은 내 활동 거점이다. 모든 곳을 기억해 둔 내게서 도망칠 수는 없다.

"전이."

전이를 반복하여 흩어져 도망치는 세 사람을 모조리 붙잡았다.

그들은 내가 길을 가로막을 때마다 반격을 시도했지만, 내게는 통하지 않았다.

나는 행동불능이 된 세 사람을 뒷골목에 눕혔다.

곧 위그가 내가 있는 곳으로 달려왔다.

"이게 무슨 일이죠? 대체 어느 틈에⋯⋯."

"중간에라도 위화감을 느껴서 다행이었어. 탐지 마법이 아니었다면 놓쳤을 거야. 셋 모두 상당한 실력자야."

이들은 야생의 마물보다 기척을 죽이는 게 더 능숙했다. 유이나 실라의 기습으로 단련하지 않았다면 위험했을지도 모른다.

"소문대로 대단하군⋯⋯. 자결 마법조차 봉인당할 줄이야."

"암살자인 건 보면 알겠고, 누가 보낸 거지?"

그러나 그들은 입을 열지 않았다. 말할 생각이 없는 모양이다.

"지드 형님, 여제와 결혼한다는 이야기는 어디까지 퍼져있죠?"

"아직 공표하지 않았어. 곧 여기저기에 알린다고 말은 했지만."

"그럼 이들의 목표는 형님이 아니라⋯⋯ 저일 수도 있겠군요."

자기가 내놓은 추리이건만, 위그는 충격을 받은 것 같았다.

"왕위 계승은 원만하게 해결한 거 아니었어?"

"그렇긴 합니다만, 암살자가 절 노릴 이유가 그것 말고는…….."

"──너희가 아무리 떠들어도 우리에게서 얻을 정보는 없다. 어서 죽여라."

"얘는 대화에 멋대로 끼어들어서 죽여달라고 하네. 암살할 생각이 있긴 해?"

"글쎄다."

외면당했다.

남자가 해도 안 귀엽네……

"전에도 비슷한 일을 겪은 적이 있었는데, 상황은 달랐지만, 걔들도 끝까지 불지를 않더라고. 얘들한테는 얻을 정보가 없어. 살인 미수로 위병에게 넘기자."

잠깐만, 입증이 어려운가? 얘들은 전이로 다가온 나에게 반격했을 뿐이잖아?

……나중에 생각하자.

"──기습을 당해놓고도 몹시 여유롭군. 애초에 이런 괴물을 상대로는 가망이 없었어."

"안 될 걸 알고 있었다고?"

"당연하지. 표적 중에 네가 있다고 들었을 때부터 예상했던 일이다. 어차피 가족이 붙잡힌 이상, 명령은 거부할 수 없다. 처음부터 우리는 여기서 죽을 작정이었다."

포획당해서 단념한 게 아니라, 정말로 처음부터 포기한 말투였다.

"······표적 중에?"

위그가 갑자기 되뇌었다. 확실히 신경 쓰이는 부분이다.

암살자는 눈을 감고 천천히 입을 열었다.

"쯧. 표적은 둘 다였다."

갑자기 술술 말해주네. 살려준 은혜를 느끼는 건가, 아니면 자신의 실언을 경계하기 위해서인가. 그의 한 마디에는 여러 감정이 뒤섞여있었다.

"이게 대체 무슨······."

위그가 내 쪽을 봤다.

아쉽게도 나도 짚이는 데가 없어서 고개를 저었다.

추궁하려고 해도 암살자들은 눈을 감았다.

이 이상 말하면 가족이 위험한 모양이다. 여기서 더 물어봐도 의미 없을 것 같다.

"위그, 이 녀석들을 기사단에 보내줄래? 마력으로 묶었으니까 한동안은 못 움직일 거야. 그리고 포박이 풀렸을 때 자결 마법을 쓸지 모르니 조심하라고 말해줘."

"알겠습니다. 지드 형님은 어떻게 할 건가요?"

"난······ 보고하러 가야지······."

"아, 길드 마스터에게 보고해야겠군요. 길 한복판에서 암살당할 뻔했으니까요."

"그게 아니라······ 동료들한테······ 결혼하게 됐다고······."

"아…… 힘내세요."

뭐야.

뭐냐고 '아……'는……

나도……

나도 알고 있다고……

결국 어떻게 할까 고민하는 사이에 쿠에나의 집에 도착했다.

몇 바퀴나 빙빙 돌고 있는데 장을 다 본 실라와 합류하고 말았다.

어떤 이야기를 했는지도 기억이 안 난다.

거동이 너무 수상해서 실라가 걱정할 정도였다.

"어서 와."

"다, 다다, 다녀왔습니다."

집에 돌아가니 쿠에나가 맞이해줬다.

네림이 바닥에서 스트레칭을 하고 있었다.

나는 어렵게 부드러운 소파에 앉았다.

소파에 앉았으니 편안해야 할 텐데 식은땀이 멎지 않는다.

실로 거북하다.

실라가 힐끗 얼굴을 들여다봤다.

"지드? 왜 그래?"

"아아아, 아무렇지도 않은데?"

"역겨워! 너, 뭐야."

네림이 혐오감이 가득한 얼굴로 내뱉었다.

이상하다. 네림의 반응이 더 상냥하게 느껴지는 건 어째서일까.

분명 그만큼 긴장감에 젖어있는 것이리라.

죽음의 구렁 속에서 생존의 생명줄을 찾는 게 이만큼 어려운 줄은 몰랐다.

"앗, 모험가 카드가 울렸어! 난 중요한 뉴스 말고는 알림을 껐는데? 어……? 지드랑 루이나가…… 결혼……?"

"그 바보, 또 멋대로 일을 벌였네. 일단 끌어들이면 나중에 지드가 따라올 줄 알았나?"

실라가 그렇게 말하고 쿠에나가 허리에 손을 댔다. 실라가 '아, 그렇구나!' 하며 손을 맞댔다.

…………큰일이다.

엄청나다.

땀이 엄청 쏟아지고 있다.

빗방울마냥 뚝뚝 바닥에 땀이 방울져 떨어졌다.

정말 추운데 땀이 멎지 않는다.

S랭크 마물이 노려봐도 이러지 않는데.

"아무래도 바보는 네 언니뿐만이 아닌 것 같네."

""어?""

네림의 말에 쿠에나와 실라의 목소리가 겹쳐졌다.

그리고 일제히 내 쪽을 봤다.

아, 이젠 틀렸다.

설명할 말이 떠오르지 않아.

이렇게 되면 비기를 쓰는 수밖에 없다.

"죄송합니다!!!!"

엎드려 빌기.

이게 최고의 사과 수단이다.

"……일단 사정을 설명해볼래?"

쿠에나가 내 어깨에 손을 얹고 그렇게 말했다.

싱긋 미소 짓고 있지만, 눈은 웃고 있지 않았다.

쿠에나와 모두에게 사정을 설명했다.

아스테라에 대한 것, 전쟁에 대한 것 등.

"납득하기 어렵네……."

"그, 그렇지……."

"아니, 아스테라에 대한 대책은 이해가 돼. 이해할 수 있어. 다만 루이나는 납득하기 어려워. 아니, 루이나랑 지드가 아니면 안 된다는 건 알겠어. 다른 수준 미달인 자는 의미 없어. 하지만 루이나는 이해가 안 돼."

쿠에나가 꿍얼거리면서 팔짱을 끼고 찬장을 올려다봤다.

뭐, 그런 반응이지.

실라는 당황한 기색이지만,

"근데 마침 결혼하면 웨이라 제국에 간다고 했었지?"

"거긴 일부다처제니까."

"집은 어떻게 할지 의논했었잖아? 그런데 성이라니, 대단하지 않아?! 딱 좋을 것 같은데!"

"그딴 게 대체 어디가 좋다는 건지……."

쿠에나는 살아본 적이 있어서인지 태도가 약간 냉소적이었다.

아니, 루이나가 있어서일까.

아니면 단순히 기분이 나쁠 가능성도 있다.

그렇다기보다는 전부일지도 모른다.

아아, 진짜…….

너무 위축돼서 생각이 정리되지 않는다.

지금이라면 슬라임이나 고블린에게도 질 것 같다.

일단 솔직한 기분을 전했다.

"있잖아, 쿠에나랑 실라가 싫다면 거절하고 싶어."

"난 딱히 신경 안 써!"

실라가 엄지를 척 세웠했다.

옆에 있는 네림이 싸늘한 시선을 보냈다.

"왜. 넌 크제라 출신이니까 일부일처가 가치관에 맞잖아."

"그치만 지드가 좋은걸!"

실라가 기쁜 말을 해줬다.

하지만 역시 쿠에나는 복잡한 표정을 짓고 있었다.

71

쿠에나는 내가 다른 여자랑 결혼한다는 것보다 그 상대가 루이나라는 것이 납득이 안 되는 모양이다.

"좀 더 생각하게 해줘……."

갑자기 쿠에나가 침실에 틀어박혔다.

실라와 한순간 얼굴을 마주 봤다.

"난 저녁 할게!"

"어, 어어, 부탁할게."

실라는 쿠에나가 극복할 것이라고 믿고 있는 걸까.

이래저래 실라가 쿠에나를 더 오래 봐왔다. 같은 파티가 되고 함께 행동하고 있기 때문이다.

하지만, 음~……

"하아……."

일단 목욕하자.

참방 하고 따뜻한 욕조 소리가 울렸다.

김이 모락모락 피어올랐다.

물을 틀어 데워서 따뜻한 물로 만들었다.

상당히 비싼 매직 아이템이지만 딱히 상류계급만이 쓰는 건 아니고, 은화 10개 정도로 마력 보충 등의 관리 비용을 내면 살 수 있다.

필수품이라 생각하면 쌀 것이다.

특히 모험가는 땀을 흘리기 쉽고 흙을 뒤집어쓰는 일도 많은 일이다.

길드 직영 점포에서 사면 모험가 할인을 받고 싸게 살 수 있다. 그러고 보니 이 특전을 받기 위해서만 모험가가 되는 사람이 있다나 뭐라나…….

(그래도 이익을 내고 있으니 대단하지.)

길드 카드를 보급하기 위해 하는 걸까.

그건 정보매체이기도 하므로 길드에 유리한 정보를 흘리기 쉽다. 그렇다면 정보를 조작함으로써 아스테라의 영향을 경감시킬 수도 있다.

욕실에서는 그다지 생각하지 않았던 것에 대해서도 생각하게 된다.

드물게 그런 사물의 구조와 이면 같은 것을 생각했다.

갑자기,

"잠깐 괜찮을까?"

네림이 문밖에서 말을 걸어왔다.

네림이 보고 있는 것도 아닌데 조금 당황해버렸다.

"무, 무슨 일이야?"

"아니, 결혼에 대해 생각하고 있나 싶어서. 한숨을 쉬고 있었으니까."

"아…… 네림은 기분 나쁘다고 생각하겠지."

"그렇지 않아. 전쟁을 막을 수 있다면, 아스테라 토벌에 중요하다면, 난 필요한 일이라고 생각해. 지드에겐 그만한 주변머리가 있으니까."

의외의 인물로부터 지원이 왔다.

쿠에나랑 실라랑 잘 지내고 있으면 여자의 적이라는 듯이 혐오감을 보여서 분명 미움받는 줄 알았다.

"네림……."

"으윽, 오해하지 마. 넌 진짜로 역겨우니까. 나까지 노리는 건 진짜로 용서 안 할 거라고."

노린다니……. 사람을 뭐로 보는 걸까.

"고마워. 그렇게 말해주면 마음이 편해져."

"뭐? 매도당하는 게?"

"아니야! 결혼 이야기 말이야. 의미가 있다는 말을 듣는 것만으로도 고마워."

첨벙첨벙 하고 따뜻한 물을 얼굴에 끼얹었다.

네림이 필요하다고 판단했다면 결혼은 정말 중요한 일일 것이다. 그 말을 들은 것만으로도 충분하다.

"혹시, 결혼하는 거 싫어?"

"왜?"

"별로 내키지 않는 것 같아서."

조심스럽게 물었다.

평소의 네림은 제멋대로라서 좀처럼 없는 일이다.

그만큼 결혼이라는 의식이 중요하기 때문일 것이다.

게다가 이번에는 맹세 이상의 의미가 있다.

"그렇지 않아. 루이나는 미인이기도 하고. 수완가라는 느낌이 들어서 멋지다고 생각해."

"욕망을 끄집어내면 왠지 듣기 힘드니까 그만해."

"난 네 선을 알 수 없어서 무서워."

"괜찮으니까 계속해."

이렇게까지 제멋대로면 오히려 마음이 편하네.

"내키지 않는 것처럼 보이는 건…… 내가 결혼하고 싶다고 계속 생각한 사람이 쿠에나랑 실라이기 때문이겠지. 말한 대로 그 녀석들이 싫다면 난 거절할 생각이야."

"세상이 혼란에 빠져도? 아스테라가 마음대로 해도?"

"뭐 그렇지."

본심은 당연히 싫다.

내 안의 우선순위로는 쿠에나와 실라가 높다. 세상은 그다음이다.

"이상한 데서 남자답다고 해야 할까. 뭐 그런 결론이라면 나쁘진 않네."

"네림한테 보증을 받을 수 있다면 기쁘기 그지없어."

"그렇게까지 믿어도 곤란하거든."

"하지만 불안도 있어. 만약 쿠에나와 실라와 결혼한다고 해도 말이야. 지금 관계 그대로가 좋다고 생각하고 있어."

"그건 무책임한 의미로?"

말투가 너무 잔인하다.

네림의 마음속에 있는 나에 대한 평가와 감정을 잘 알 수 있었다.

"어떻게 보면 그렇지. 이야기는 들었지? 내 또 하나의 인격에 대해서."

"그래, 경계하고 있어."

네림의 목소리가 약간 낮아졌다.

그녀는 의심할 여지가 없는 강자…… 라기보다는 인간으로 한정하면 나 다음가는 실력자일 것이다.

역대 최강의 '검성'의 이름은 장식이 아니다.

내가 보기에는 퓨리의 지배하에 있는 마족이나 수인족의 왕에게도 실력이 통하는 존재다.

그런 그녀가 '경계하고 있어'라고 한다. '알고 있어'가 아니다.

신도를 멸망시켰다는 점, 무엇보다도…… 나 이상의 실력을 지니고 있다는 점, 이는 결코 경계를 게을리해서는 안 되며 잊어서는 안 된다는 것을 다시금 확인할 수 있다.

"솔직히 말해서 어느 쪽이 진짜 나인지 모르겠어. '금기의 숲속'에서 태어난 게 나인지, 그 녀석인지."

"뭐야, 그게."

"인간은 무한히 욕망을 만들어내. 그 욕망은 살아가는 원동력이 되지만, 난 그 녀석의 욕망에는 이기지 못해. 신도에 많은 사람이 있는 걸 몰랐던 것도 아니잖아. 그런데 제멋대로 장난감을 가지고 놀듯이 멸망시켰어."

"그래서 여자를 끼고 있는 너보다 욕심이 많다고?"

역시 말투에 가시가 있네……

평소에도 이런 느낌일까. 대인관계는 괜찮을까.

좀 걱정되기 시작했다.

"그뿐만이 아니야. 실력도 그 녀석이 더 뛰어나잖아. 그건 이 몸을 나보다 더 능숙하게 다루고 있다는 뜻이야."

"흠……"

"언제 빼앗길지 몰라. 그렇게 됐을 때, 난 쿠에나와 실라를 지킬 수 있을까."

"너, 걔들을 너무 얕보고 있는 거 아냐? 실라는 A랭크에서도 상위의 실력이 있고 쿠에나는 '아스테라의 추종자' 건으로 무사히 S랭크가 됐어. 단순히 시기를 타고 오른 게 아니야. 그만한 실력이 있었기 때문이지. 걔들이라면 자기 몸 정도는 지킬 수 있어."

"……"

"그리고 여제 루이나. 그 녀석이라면 또 하나의 너도 능숙하게 다룰 거야."

"하하, 그건 좀 상상이 되네."

나도 모르게 입꼬리가 올라갔다.

루이나라면 공을 던지고 '가져와라~'라고 할법하네.

네림이 입을 열었다.

"나 말이야, 계속 생각하고 있는 게 있어. 아마 리프도 하고 있을 거야."

"용사 파티 말이야?"

"응. 더 자세히 말한다면 '배신자'에 대한 거야. 난 믿고 싶어. 리프도 분명 믿고 있었을 거야. 최종적으로 생명의 위협을 받았다고 해도. 난 배신자인 그녀에게 동경마저 품고 있었어. 그래서 왜 배신했을까 하고 생각하는 거지. 그런 짓을 할 녀석이 아닌데. 세뇌를 당할 사람이 아닌데, 하고."

"가족이 인질로 잡혀있었다던가……?"

"만약 그런 이유면 이해하기는 쉽겠네. 어쨌든 용사 파티의 배신자는 반드시 같은 행동을 해. 마족령을 침공하고 가족을 내버리지. 자신이 그 누구보다도 지켜야 할 소중한 사람들을……."

"용서할 수 없네."

아스테라는 아무렇지도 않게 그만한 일을 한다. 결코 '아스테라의 추종자'가 독단으로 해온 일이 아니다. 그들의 상위자인 아스테라가 모를 리 없다.

"그렇지. 나는 배신자를 동정하진 않지만, 내가 같은 입장이었다면 분명 양극단 사이에서 극심한 갈등을 겪었겠지. 그래서 지금까지와는 다른 삶의 방식을 강요받았을 때, 사람은 어떻게 될까 고민해봤어. ……아마 인격이 변하지 않을까?"

"이중인격이 된다고?"

"바보야, 비유가 그렇다는 거지."

"어…… 그렇구나?"

어려운 이야기라서 이해가 잘 안 됐다.

물론 여기서 어영부영 넘기는 편이 이야기의 흐름이 깔끔해질 것이다.

하지만 여기서 멈출 수 있을 정도로 가벼운 이야기는 아니다.

그걸 헤아려줬는지 네림이 조금 고민하듯이 시간을 뒀다.

"사람이 몰리면 그런 게 있잖아. 좋다던가 나쁘다던가. 잘한다던가 못한다던가. 사람은 그런 말로 간단히 변할 수 있다고 생각해."

"그니까, 배신한 녀석들도 극단적인 상황에 몰려 성격이 변한 것처럼 보였다고?"

"맞아. 너랑 비슷한 거지. 너처럼 뚜렷하진 않겠지만, 인격이 달라지는 게 아니고서야 못 할 거야."

"그렇구나……."

네림은 분명 그렇다고 믿고 싶을 것이다.

배신한 사람을, 자신을 죽이려고 한 녀석을, 그래도 이해할 수 없는 배신자가 아니라 인간으로서 대하고 싶은 것이다. 친구로서, 동료로서, 믿고 싶은 것이다.

그리고 그건 기묘하게도 나도 마찬가지였다.

나도 마음속 한구석에서라도 또 하나의 자신을 믿고 싶었다.

"그러니까 네가 두려워하고 있는 또 하나의 지드라는 것 역시 너라고 생각해."

"하지만 역시 무서워. 어쩌면 나 자신이 또 하나의 나에게 감화

될지도 모른다는 거잖아?"

"그럴 수도 있겠지. 하지만 나는 네 마음을 이해해줄 거라고 생각해. 결국엔 같은 인간이니까. 네가 흔들리지 않으면 문제없어."

"……그래도 불안해."

"뭐야, 넌 지금까지 어떤 인생을 살아온 거야. 이런 걸로 끙끙거리지 마. 이번에도 분명 괜찮을 거야. 그야 넌 지드잖아. 그리고 실라랑 쿠에나에게 이미 이것저것 했잖아. 그런데 책임을 지지 않겠다니, 안 될 일이지."

책임이라.

이야기는 달라지지만……

"결혼하면 서로의 거리가 더 줄어들겠지."

그러면 나는 쿠에나를 비롯해 모두의 미래, 가능성을 빼앗는 게 아닐까?

하지만 네림은 그런 내 생각을 부정했다.

"바보네. 좀 더 상대의 마음을 이해해."

그건 타박하는 듯한, 다정하게 대하는 듯한, 그런 느낌의 표현이었다.

"뭔가 소녀 같네."

"……그만둬."

"지금은 일부러 그렇게 말해봤어. 평소에 당한 것에 대한 복수."

흥 하고 콧소리가 났고, 네림이 문에서 멀어져 갔다.

화난 걸까.

아니면 내 마음이 가벼워진 걸 안 걸까.

◇

휘프와 레 에곤은 매직 아이템으로 통화하고 있었다.

서로의 얼굴은 보이지 않지만, 수정의 화면에 비치는 수면과 같은 목소리의 파장이 확실히 대화하고 있다는 것을 나타냈다.

"오라버님에게 암살자를 풀었다는 보고가 들어왔습니다. 정말 입니까?"

"어디서 들어온 정보입니까?"

"그에 대한 대답을 원한다면 우선 제 질문에 답해주세요."

휘프가 불쾌한 듯이 미간을 찌푸렸다.

"미래를 위해서입니다. 휘프 님."

"이상한 이야기네요. 그는 이미 계승권을 포기했는데, 굳이 자극해서 얻을 게 뭐가 있죠? 생각을 바꾸기라도 하면 오히려 골치 아파지지 않나요?"

휘프는 참지 못하고 목소리에 분노를 실었다.

"유연한 계획 변경도 필요합니다. 위그는 웨이라 제국에서 열리는 결혼식에 초대를 받았다고 합니다. 실력자라고, 아직 영향력이 있다고 여제 루이나가 인정한 겁니다. 차후 계획에 틀림없이 방해될 겁니다."

레 에곤은 휘프가 계획대로 일을 진행하지 않는 것에 대해 짜증을 내는 것이라 해석했다.

하지만 실제로는 달랐다.

휘프는 냉철한 가면을 쓸 용기는 있어도, 혈육을 미워하며 제 손으로 제거할 용기는 없었다. 그러나 레 에곤은 인간의 정을 이해하지 못하는 인간이다. 그에게 따져도 변하는 건 없으리라.

휘프는 어금니를 깨물면서 화를 참았다. 다행히 매직 아이템을 통한 대화라서 그 작은 감정의 움직임이 레 에곤에게 전해질 일은 없다.

"알고 있나요. 우리가 결전을 벌일 날은 가깝습니다. 쓸데없는 일에는 집착하지 마세요."

"전 쓸데없는 일이라고 생각할 수 없군요."

휘프의 말을 일축했다.

레 에곤은 레지스탕스 활동을 재개한 이후로 충분한 활약을 보여줬다. 그 배후에 휘프의 협력이 있었기 때문이지만, 엉겁결에 자신의 지시로 쌓여가는 실적이 눈부셔서 기고만장해 있었다.

"제 지시를 따를 수 없다는 뜻인가요?"

하지만 휘프가 압력을 가하면 쩔쩔매고 만다. 그게 레 에곤이라는 사람의 그릇의 바닥일지도 모른다.

그릇의 차이를 깨닫고 레 에곤은 불만스러운 듯이 위축됐다.

"……저와 당신은 표면상으로는 이어져 있지 않습니다."

"지금 감히 협박하는 겁니까?"

스틸비츠는 웨이라 제국과 길드와 협력 관계라는 입장에 있다.

실제로는 신성 공화국 측에 가깝다.

어쨌든 현재 대륙의 체제를 뒤흔들만한 레지스탕스를 지원하고 있다면 보통 일로는 끝나지 않을 것이다.

"아뇨. 다만 당신이 제게 지시할 권리는 없습니다."

(내 지시가 아니면 몰락 일도를 걸을 인간이 무슨 뻔뻔한 소리를…….)

레 에곤은 뒷세계를 지배하고 있지만, 그걸 평생 유지할만한 재능은 없다. 휘프의 도움이 없다면 조직은 금방 와해될 것이다.

휘프가 어이가 없어서 입을 다물고 있으니, 레 에곤은 논파했다고 착각하고 신나서 알기 쉽게 목소리를 높였다.

"하지만 휘프 님과 저는 공통된 이념이 있습니다. 필요한 협력은 아끼지 않을 테니 이대로 계획대로 진행합시다."

레 에곤은 그렇게 말하고 일방적으로 통화를 끊었다.

휘프의 입에서 한숨이 새어 나왔다.

(위법 행위는 최대한 억제하고 있지만, 뒤에서는 여전히 하고 있겠지. 웨이라 제국의 감시를 피하는 데는 도움이 되겠지만, 이건 언젠가 간파당할 거야. 이제 와서 버리기에는 시간이 없고…… 어떻게 할까.)

갑자기 집무실 한구석에서 어렴풋한 빛이 났다.

"아니, 아스테라님!"

빛은 무언가에 방해를 받는 것처럼 미약하게 너울거리고 있었다.

"또 리프가 방해하는 것 같아서 목소리가 잘…… 네. 계획은 순조롭습니다. 이전에 아스테라 님께 배운 '기술'을 활용할 예정입니다. 네, 지드 님께는 제가 연락을 하겠습니다. 저도 결혼식 초대를 받았으니까요."

문득 휘프의 가슴팍이 빛난 듯한 느낌이 들었다.

하지만 그것도 한순간의 일이었다. 너울거리는 빛이 의복에 반사됐을 뿐인 걸로 이해하고 다시 아스테라의 말에 귀를 기울였다.

"네, 안심해주십시오. 반드시 성공하겠습니다."

휘프가 빛을 향해 단호하게 고개를 끄덕였다.

◇

그 성당은 아스테라의 석상이 장식된 곳이었다.

그 석상에 기도를 올리는 인물이 있었다. 소리아 에이든이다. 옆에는 또 하나의 그림자가 있었다.

"그런 돌덩이를 상대로 여전히 기도하는 건가?"

루이나 웨이라.

현재 인간 중에서 가장 출중한 국가의 정점이 빈정거리는 듯한 웃음을 띠고 말을 걸었다.

"안 그래도 마력 흡수가 실은 위험한 거라고 리프님이 막아주셨어요. 정말 기술력이 대단하신 분이에요."

"그럼 여전히 마력이 흡수되는지 확인하는 건가?"

"그것도 있지만, 습관이라서요. 생활 습관은 쉽게 바꿀 수 없더라고요."

소리아가 맞대고 있던 양손을 뗐다. 사실 딱히 기도한 것조차 아니었다. 그녀는 아무런 문구도 외우지 않았다.

"뭐 됐다. 아직은 아스테라의 위험성을 아는 자는 많지 않아. 지금은 경건한 신자로서 민중의 지지를 잡아두는 게 더 좋겠지."

소리아의 목적은 자신의 우상화가 아니다.

하지만 루이나 같은 사람은 아무래도 그런 해석을 붙일 수밖에 없다.

소리아는 불만인 듯했지만 부정할 기력을 상상하니 루이나에게 신심을 설파할 기분도 들지 않았다.

"그래서, 오늘은 결혼에 관한 이야기로 오셨나요?"

그 말에 반응한 사람은 약간 떨어진 곳에서 대기하고 있던 미녀였다. 그건 윤기가 흐르는 갈색 포니테일을 찰랑이는 검성으로 이름 높은 필이었다.

소리아의 호위는 오늘도 곁에서 따르고 있다.

그 옆에는 루이나의 호위인 유이가 있었다.

"소식을 들은 모양이군."

"그걸 어떻게 모르겠어요. 당신이 의도한 것보다도 훨씬 많이 퍼졌는데. ……그래서, 손수 제게 청첩장을 주시러 온 건가요?"

소리아의 이마에 얕게 핏줄이 드러났다.

온화한 그녀에게서는 보기 드문 반응이라 루이나가 재밌다는 듯이 표정이 풀어졌다.

"만약 그렇다면?"

루이나는 결론을 재촉하지 않고 굳이 도발했다.

소리아는 알고 있어도 분노를 억누를 수 없었다.

"이것 참, 뜻밖에도 친절하시네요. 하루하루가 몹시 바쁘실 텐데도 굳이 제게 직접 찾아오시다니."

"큭큭, 너도 지드와의 미래에 대해 생각하고 있다지? 어떤가, 두 번째 부인이 되는 걸로 타협하지 않겠나?"

"……저와 장난하는 건가요?"

"이런, 거기서 더 나오는 건 욕심이다. 신성 공화국이 실질적으로 네 수중에 있다고 해도, 웨이라 제국과 견줄 바는 아니다."

예전에는 스피가 소리아와 대등하거나 그 이상의 발언권을 가지고 있었다. 하지만 스피는 '아스테라의 추종자'와 관련된 실태로 인해 명성도 지위도 소리아보다 떨어지게 됐다.

신성 공화국에서 큰 발언력을 가지고 있는 자는 몇 명이나 있지만, 그중에서도 소리아의 목소리는 신성 공화국과 연대하고 있는 나라들이나 조직을 움직이기에는 충분했다.

진ㆍ아스테라교도 그중 하나다.

하지만 신도 소멸에 따라 신성 공화국 자체의 힘은 열강국 중 하나에 겨우 머물러 있는 상황이었다.

(……이게 루이나 님의 평가겠죠.)

소리아가 체념한 듯한 탄식을 하고 루이나와 마주 봤다.

"전 당신에게 화내고 있어요."

"호오, 부디 이유를 듣고 싶군."

"다 알고 계시잖아요? 당신은 혼란을 틈타서 기정사실을 만들려고 하고 있어요. 이 결혼에 지드 씨의 의사가 있긴 한가요?"

"결혼인데, 없을 리가 없잖나."

시원스럽게 단언했다.

사실상 아스테라에 대항하기 위한 결혼이지만, 지드를 수중에 넣고 싶다는 루이나의 생각이 빤히 보이는 듯해서 소리아는 불만인 것 같았다.

"그럼 쿠에나 씨와 실라 씨는 어떻게 생각하고 있죠?!"

"거기에 관해서는 그녀들이 납득할 수 있도록 해야겠지. 뭐 그녀들이 받아들이기 나름이겠지만."

"말은 그렇게 하지만, 결국은 측실 자리로 저를 꾀어 판도를 굳히려 하고 있잖아요?"

루이나와 소리아가 지드와 결혼하면, 쿠에나와 실라는 초조해질 수밖에 없다.

루이나는 두 사람에게 결혼을 백지로 돌리는 건 쉽지 않다는 걸 깨닫게 하고, 그걸 대신할 이득을 제시할 생각인 거다. 그렇게 되면 두 사람은 루이나와 지드의 결혼을 인정할 수밖에 없다.

루이나는 얼마든지 그런 상황을 만들고도 남을 사람이다.

"그럼 두 번째 부인 자리는 사양하는 건가?"

"그렇다고는 하지 않았어요!"

((그건 부정하는 거냐…….))

루이나와 필의 생각이 겹쳤다.

유이는 성당에 들어온 나비를 바라보고 있었다.

"안심해라. 내가 지드를 사랑하는 마음에 거짓은 없다. 결혼이란 중대한 약속이니, 그 약속을 어기면 이후의 인생을 좌우할 정도의 나쁜 영향이 나오겠지."

"그간 몇 번이고 충돌했는데 지금 와서 그런 말을 한들, 솔직히 믿기 어렵군요."

소리아가 루이나에게서 눈을 돌렸다. 그게 소리아의 심정을 나타냈다. 하지만 그걸 이해하고 있어도 루이나는 표표했다.

"이번 일에 관해서는 믿어줬으면 한다. 결혼을 지켜보는 사제를 맡기려는 사람에게 거짓말을 하진 않아."

"……사, 사제?"

소리아가 높아진 목소리를 냈다.

너무 놀란 나머지 루이나를 다시 봤을 정도다.

"아, 말하는 걸 잊고 있었군. 여기에 온 목적은 네게 결혼 사제를 의뢰하고 싶었기 때문이다. 이거 참, 이것저것 준비하고 있었는데 나답지도 않게 제일 중요한 맹세를 지켜볼 사람을 잊고 있었지. 뭐, 진·아스테라교의 필두사제 겸 대사제인 소리아라면 적임 아니겠나?"

소리아 안에서 다양한 감정이 뒤섞였다.

하지만 대부분을 차지한 것은 분노였다.

"으으······."

"너에겐 굴욕이겠지. 사랑하는 남자를 빼앗긴 것도 모자라 축복해야 하는 처지라니. 하지만 이 결혼이 세계에 가지는 의미는 크다. 큰 역할을 맡길 수 있는 게 너 외에는 없는 것도 사실이다. 맡아주지 않겠나."

루이나가 진지하게 소리아의 눈을 바라봤다.

그건 소리아가 몇 번이나 루이나와의 대담의 장에서 봐온 눈빛이었다.

정치와 종교, 때로는 전쟁으로 싸워온 소리아이기에 알았다. 그 눈빛은 루이나가 진심일 때만 보여주는 것이다.

거짓말이 아니고, 가식도 아니고, 큰소리치는 것도 아니다.

소리아는 힘주고 있던 몸의 힘을 풀었다.

"하아, 알았어요······. 단! 키스 시간은 짧게 해주세요! 제가 쓸 수 있는 마법이 회복만이 아니라는 걸 몸으로 직접 배우고 싶지 않으면!"

소리아가 먼저 충고하듯이 루이나를 가리켰다. 매너가 아니긴 하지만 어딘지 모르게 서로 인정하는 관계이기에 할 수 있는 행동이기도 했다.

"후후후, 기억해두지."

루이나가 발길을 돌렸다.

"벌써 가십니까?"

"공교롭게도 바쁘니까."

유이가 그 등을 따라갔다.

두 사람이 남겨졌고, 필이 소리아 곁에 다가갔다.

"정말 이걸로 납득하시는 겁니까?"

"어쩔 수 없잖아요. 지드 씨를 위해서라도 해야지요."

"아뇨, 첫 번째 부인 일 말입니다. 전 소리아 님이야말로 어울린다고 생각합니다.

필의 눈은 진지하기 그지없었다. 사랑의 크기를 이야기하는 게아니라 역학관계를 말하는 거다.

지드의 실력은 대륙을 뒤흔든다. 그건 누가 봐도 명백하다.

제왕이 된 그에게 자유롭게 의견을 말할 수 있는 사람은 첫 번째 부인뿐일 것이다. 좁은 궁정 세계의 안정을 지키려면 측실은 나설 자리가 없다.

필이 우려하는 건 그런 점이었다.

신성 공화국과 진 · 아스테라교를 주체로 한 국가들은 웨이라 제국보다 지위가 낮아지게 된다. 이는 간과할 수 없는 사태다.

물론 소리아도 알고 있는 문제였다. 하지만 그녀는 얼버무리는 듯한 웃음을 지었다.

"그럼 다음 부인은 필이겠네요."

"저, 저는 그런……!"

생각지 못한 말에 필이 얼굴을 빨갛게 물들였다.

소리아는 만족스러운 듯이 미소 짓다가 진지한 표정을 지었다.

"후후. 예정을 변경해야겠네요. 웨이라 제국에 가야겠어요."

소리아는 누가 부인으로 우선되는지를 중요시하지 않았다.

지드라면 차별하지 않고 이야기해줄 것이라는 확신이 있었다.

그런 소리아의 눈빛을 보고 필은 고개를 끄덕였다.

"다른 사람에게도 전해두겠습니다. 다행히도 최근 대륙은 보기 드물게 평화로우니까요."

"그렇게나 어지러웠는데. 이것도 루이나 님과 리프 님 덕분일까요."

'아스테라의 추종자' 사건 이후, 대륙이 빨아들이는 피는 줄어들었다. 사람들을 구하기 위해 열심히 활동하는 그녀들이기에 그 사실을 피부로 직접 느끼고 있었다.

"소리아 님의 끊임없는 헌신 덕분입니다."

"고마워요. 하지만 필은 남아있어요. 날뛰어도 곤란하니까."

"무슨! 나, 날뛰지 않습니다! 절 뭐라고 생각하는 겁니까!"

"전 어제 루이나에게 지드 씨를 빼앗기는 걸 보고 참을 수 있을 것 같지 않은걸요."

"경우에 따라서는 동행하겠습니다."

필이 악역의 얼굴을 하고 꼬드겼다.

그럴 마음이 없다는 건 잘 알고 있지만, 소리아 신자인 필은 무슨 일이 있어도 따를 결의를 하고 있었다.

"정말, 그러면 안 되잖아요. 어쨌든 필은 남아있어요. 지금이 폭풍이 불기 전의 고요함이 아니라고도 할 수 없으니까요."

"⋯⋯알겠습니다."

이 평화가 쭉 계속되면 좋을 텐데, 소리아는 그렇게 생각했다.

◇

날이 지나 결혼식 전날 밤이 되었다.

지드 일행은 왕성에서 대기하고 있었다. 지드는 주역으로서, 쿠에나, 실라, 네림은 초대객으로서.

지드는 협의하느라 바빴다.

그런 가운데 쿠에나와 실라는 루이나의 호출을 받았다.

"여어, 잘 지내고 있는 것 같네."

루이나가 가볍게 손을 들어 쿠에나 일행을 맞이했다.

그 방에는 디자인에 공을 들인 것이 잔뜩 있었는데, 그중에서도 눈길을 끄는 것은 의상이었다.

내일 입을 것으로 보이는 의상이 소중히 준비되어 있었다.

그건 이른바 웨딩드레스였고 쿠에나는 한쪽 눈썹을 내리는 등, 빈축을 사고 있는 것 같았다.

"뭐야?"

쿠에나가 단적으로 물었다.

"뭐야, 날 싫어하는 건가?"

"당연하지. 이번 결혼도 납득하기 어려워. 넌 어차피 지드의 힘이 목적이잖아."

"부정은 안 해. 그게 내 타입이니까."

"그럼 지드보다 강한 사람이 나타나면?"

심술을 부리는 것 같으면서도 당연한 질문이었다.

"하하, 그러면 내가 버린다고 생각하는 건가? 그렇게까지 경솔하진 않아."

"믿을 수가 없네."

쿠에나가 딱 잘라 말했다.

그 대단한 루이나도 약간 불쾌해 보이는 표정을 지었다.

"어이어이, 약속은 지킨다고? 내 평판에도 영향이 있으니까."

"네 평판이야 진작에 땅에 떨어졌잖아."

"대놓고 말하다니, 상처받는군."

"무엇보다 정말로 지드를 좋아하는 건지도 의심스러워. 몇 마디 말로 지드를 손에 넣을 수 있다면 너한테는 싸게 먹히는 거잖아."

"그렇게 말할 줄 알았어."

루이나가 세로로 긴 매직 아이템을 꺼냈다.

거기엔 뭔가 온도계 같은 눈금이 있었다.

"와아, 이게 뭐야!"

실라는 흥미진진하게 봤다.

쿠에나는 의아한 표정이다.

"이건 가칭, '감정 계측기'다. 아직 시제품 단계지만 재미있다고. 사용법은 간단하다. 좋아하는 것을 떠올리면서 마력을 주입

하는 거다. 그렇게 하면 얼마나 좋아하는지 판단할 수 있다."

"뭐야 그게! 대단하다~!"

실라는 순수하게 감탄하고 있었다.

반대로 쿠에나는 알 수 없는 매직아이템이 의심스러웠다.

"시험해보면 된다. 난 진홍색 보석이 이정도네."

루이나가 눈을 감고 상상하고 손을 얹었다.

그러자 정말로 계측기가 반 정도까지 상승했다.

루이나가 손을 떼자 최저까지 하강했다.

어떠한 기능으로 움직이고 있다는 건 확실했다.

"네가 진홍색 보석에 어느 정도의 감정을 품고 있는지 몰라."

"보석 중에서는 제일 좋아하지. 하지만, 뭐 그렇네, 기준은 '상당히 좋아한다'가 이정도다. 뭐, 말로는 어려우니까 시험해보면 될 거다."

"……뭐, 알았어, 해줄게."

쿠에나가 눈을 감고 뭔가를 상상하고 손을 얹었다.

계측기는 3분의 1 정도를 가리키고 멈췄다.

쿠에나가 눈을 뜨고 확인하자 약간 충격을 받은 눈치였다. 그만큼 좋아했을 것이다.

"하하, 의외로 올라가지 않겠지. 쿠에나는 뭘 상상했지?"

"……딱히 상관없잖아."

"참고하는 정도야. 말해봐라."

"말할 리가 없잖아!"

3분의 1 정도라고 해도 루이나에게는 좋아하는 것조차 알려주고 싶지 않다. 그런 심리가 작용했을 것이다.

　　"하하, 소녀구나."

　　"그만해."

　　그런 대화를 아랑곳하지 않고 흥미진진한 실라가 뒤이었다.

　　감정 미트는 쭉쭉 올라가 반 정도가 되었다.

　　"오오, 제법이군. 뭘 상상했지?"

　　"쿠키!"

　　"하하, 솔직하군."

　　루이나가 실라의 머리를 쓰다듬었다.

　　"꼭 부모랑 아이 같네."

　　쿠에나가 그런 감상을 말했지만, 두 사람에겐 들리지 않을 정도로 작았다. 뭔가 실라와 루이나의 거리감이 가까워지는 걸 달갑지 않게 여기는 마음이 있었다. 그만큼 루이나에게 저항감을 느끼고 있는 것이다.

　　"자, 그럼 본론이다. 지드를 상상해보지 않겠나."

　　쿠에나와 루이나의 표정이 바뀌었다.

　　지금이 승부처라는 걸 알아차리는 건 두 사람의 강점이다.

　　"그렇게 나올 줄 알았어. 그 전에 확인하고 싶은 게 있어. 난 매직 아이템에도 어느 정도 조예가 있어. 조사할 거야."

　　"내가 조작이라도 할 것 같나?"

　　"당연하지."

세로로 긴 '감정 계측기'를 들고 마법진을 읽었다. 거기에 있는 나열은 쿠에나가 완전히 독해하기는 어렵지만, 루이나의 부정을 돕는 기능이 있으면 간파할 자신이 있었다.

(특별히 이상한 점은 없는 것 같네…….)

심정적으로 뭔가 트집을 잡으려고 했지만, 이상은 발견되지 않았다. 트집을 잡기는커녕 개개인의 감정의 변동 폭 차이까지 고려되어 있어서 완성도가 흠잡을 데 없다는 걸 알게 되었다.

"어떠냐?"

"……뭐, 일단은 믿어도 될지도 모르겠네."

"그런가. 그럼 바로 내가 하지. 그렇다고는 해도 이미 확인했지만."

눈을 감을 것까지도 없이 루이나가 손을 댄 순간에 계측기는 최고치를 기록했다.

쿠에나가 아연실색했다.

(내가 좋아하는 것도 3분의 1이었는데……?!)

눈을 휘둥그레 뜰 정도로 놀라웠다.

그 반응을 보고 루이나가 만족스럽게 고개를 끄덕였다.

"이제 내가 지드를 얼마나 좋아하는지 알겠지."

"잠깐, 이건 큰 결점이 있어."

"뭐지?"

"그건 상상한 것을 다른 사람이 확인할 수 없다는 거야. 넌 정말로 지드를 상상한 거야?"

"크크, 그렇게 나올 줄 알았어. 자."

"……?"

루이나가 계측기의 뒤를 보여줬다.

거기엔 어떤 문자열이 있었다.

"무엇을 상상했는지, 무엇을 측정했는지, 여기에 전부 적혀있어."

거기엔,

진홍색 보석

고양이

쿠키

지드

라고 적혀있었다.

쿠에나의 얼굴이 빨갛게 물들었다.

"무, 무슨……!"

"호오, 아까 전엔 고양이를 상상하고 있었나."

루이나가 짓궂게 웃으면서 매직 아이템과 쿠에나를 번갈아 가며 봤다.

쿠에나가 입을 크게 벌렸다.

"그걸 먼저 말하라고!!"

그 호통은 지당했다.

하지만 그와 동시에 지드를 향한 루이나의 마음을 인정하는 것으로도 연결된다.

"자, 그럼 다음은 어떻게 할 거지?"

루이나가 아무렇지도 않게 매직 아이템을 앞으로 내밀었다.

"그럼 제가 할게요——!"

실라가 그렇게 말하면서 손을 올렸고,

펑!

계측기가 한계를 넘어 매직 아이템이 부서졌다. 충격에 방 전체가 가볍게 흔들 정도였다.

"""……"""

세 사람이 부서진 매직 아이템을 보면서 멈췄다.

"저기…… 혹시 변상 같은 건……?"

"아니, 불완전한 물건을 준 루이나가 잘못했지."

"시, 시제품이니까 신경 쓸 필요는 없다. 이, 이런 일도 있는 건가……? 아니 이럴 수는…… 없을 텐데……?"

루이나가 약간 눈물을 지었다. 있을 수 없는 반응이었다.

이번엔 쿠에나가 자기 일인 것처럼 약간 짓궂은 표정을 지었다.

"실라를 얕보고 있었네."

"아, 아하하……?"

사태를 그다지 파악하지 못하고 있는 실라는 웃어서 얼버무리려고 했다.

"큭, 마치 내가 지드를 덜 좋아하는 것 같잖나! 이럴 수는 없다!"

"애도 아니고……."

쿠에나는 그렇게 말하면서 루이나의 감정을 인정해가고 있었다.

흔히 볼 수 없는 루이나의 언동에 왠지 기쁜 감정이 싹트고 있었다.

하지만 다음 순간에 한 말에 순식간에 평가가 뒤집혔다.

"그럼 이 '처녀 체커'를 쓰겠다!"

"뭐야, 그 끔찍한 이름은?"

"지드는 제왕이 될 거다. 황후가 될 사람은 당연히 처녀여야 하지."

"이름 그대로 처녀인지 아닌지를 확인한다는 거야……? 이거, 인간관계를 부술 만한 물건이 자꾸 튀어나오는데, 웨이라 제국의 기술부는 대체 뭘 하고 싶은 거야?"

너무 바보 같아서 쿠에나가 이마에 손을 대고 한숨을 쉬었다.

갑자기 누군가가 방문을 두드렸다.

"잠깐 괜찮을까~?"

◇

회의를 끝낸 난 루이나의 방에 찾아갔다.

안에는 쿠에나와 실라까지 있었다.

"뭐, 뭔가 중요한 이야기라도 하고 있어?"

그때 이후로 쿠에나와는 결혼에 대해 제대로 이야기하지 않아서 거북하다. 도망칠 수도 없지만.

"아니, 지드에게도 들려줬으면 하는 이야기다. 여기에 있어라."

"아, 아니, 난 다른 일로…….."

"그건 나중이다."

루이나가 반투명한 수정을 들고 있었다. 마력을 띠고 있어서 매직 아이템이라는 걸 알았다.

"뭐야, 그거."

"'처녀 체커'다. 이걸로 이들을 모두 확인할 거다."

"⋯⋯⋯⋯왜?"

"넌 제왕이 될 테니까 처녀인지 아닌지가 중요하겠지."

"아니, 딱히 그렇지는⋯⋯."

"무엇보다 다른 남자를 알고 있는 여자는 때때로 정치가 어지러워지는 원인으로 이어진다."

표정과 목소리가 꽤나 진지했다. 나도 모르게 숨을 죽이게 될 정도로.

루이나에게는 중요한 요소인 모양이다.

웨이라 제국은 그녀의 수중에 있으니 풍기가 문란해지는 걸 좋게 여기지 않는다. 그건 나도 이해가 됐다.

"미안하지만 확인하겠다."

"하아⋯⋯ 해봐."

쿠에나가 허리에 손을 얹었다.

루이나가 거리낌 없이 쿠에나에게 수정을 댔다.

수정이 빨갛게 물들었다. 다만 그게 무슨 의미인지는 알 수 없었다.

"으음⋯⋯. 금발 거유⋯⋯ 아니, 실라. 너도 괜찮겠지?"

루이나가 쿠에나에게 아무 말도 하지 않고 실라에게 말을 걸었다.

상당히 엄숙한 분위기다.

"응, 오케이~!"

실라가 고개를 끄덕였고 루이나가 수정을 댔다.

마찬가지로 수정이 빨갛게 물들었다.

"쯧……."

루이나가 수정을 바라보는 얼굴에 짜증을 드러냈다.

그리고 입을 열었다.

"너희들, 이걸 나에게 대봐라."

"뭐?"

"빨리, 장치에 오류가 있을지도 모른다."

그 목소리에는 착오이길 바란다는 기원이 담겨있는 것 같았다.

"……딱히 상관없는데."

쿠에나가 루이나에게 수정을 받아서 댔다.

수정은 파랗게 물들었다.

"오류가 아니란 말인가……."

루이나의 통절한 표정은 처음 봤다. 왜 그런 표정인지는 모르겠지만 나까지 가슴이 아팠다.

"──너희는 처녀가 아니구나."

쿠에나와 실라는 대답하지 않았다.

……이건 또 무슨 말이지?

"뭐야, 너한테는 좋은 일 아냐? 자기만 처음을 간직해두고 있었다는 게 증명됐으니까."

"그런 게 아니다!"

루이나가 언성을 높였다.

드문 일이다. 너무나도 보기 드문 루이나의 모습에 쿠에나도 동요를 숨기지 못했다.

"난⋯⋯."

루이나가 눈을 내리떴다.

깊이, 뭔가를 생각하고 있었다.

그리고 침묵이 이 자리를 감쌌다.

"처녀가 아니면 나빠?"

"알고 있겠지. 역대 웨이라 제국을 덮친 위기가 세 개 있다. 첫 번째는 이상 발생한 소형 마물로 인해 농업이 붕괴한 식량난. 두 번째는 전 인류가 적으로 돌아선 포위망. 세 번째는 유녀에게 빠진 제왕이 나라를 빼앗긴 사건이다!"

"처녀가 아니면 악녀야?"

"반드시 그런 건 아니겠지. 하지만 내 궁정에는 뻔한 불씨를 들일 생각은 없다."

루이나는 은근히 쿠에나와 실라를 거절하는 분위기를 풍겼다.

하지만 그걸 분명히 말하면 내가 어떤 반응을 보일지 어렴풋이 알고 있지 않았을까.

루이나는 그만큼 똑똑한 인물이다.

무슨 말을 하면 좋을까.

잠시 후, 쿠에나가 입을 열었다.

"어차피 있지, 유이."

"응."

머리 위에서 유이가 휙 하고 나타났다.

쿠에나가 짓궂은 표정을 짓고 수정을 댔다. 이윽고 빨갛게 물들었다.

"유이, 너마저……!"

"응?"

루이나가 동요하자 유이가 고개를 갸웃했다.

진심으로 이상해하는 표정이다.

"답 맞추기는 범인인 지드 씨가 하시죠."

쿠에나가 손으로 가리켰다.

약간 당황하면서 답했다.

"아, 그러니까, 어쩌려나. 루이나가 생각하기에는, 그, 혼전 성교는 안 되는 걸까."

"──뭐?"

루이나가 얼빠진 표정을 지었다.

푸흐흡, 하고 쿠에나가 웃음을 참지 못하는 소리가 났다.

"우린 지드의 손에 침대에 빨간 꽃을 피웠어. 안타깝게도 루이나의 '다른 남자를 알고 있는 여자는 때때로 정치가 어지러워지는 원인으로 이어진다'는 말은 해당하지 않아."

"이게 무슨……!"

루이나가 날 봤다.

"뭐, 그런 분위기는 내지 않았으니까. 그런 오해를 하는 것도 당연하다고 할까. 어쩔 수 없다고 생각해."

"루이나가 바보 같은 짓을 했네. 우리가 지드 이외의 남자를 알고 있다고 생각하다니. 그만큼 초조했던 걸까?"

문득 루이나가 유이를 봤다.

"잠깐, 그럼 유이는 어떻게 된 거냐?!"

"에헤헤~ 도중에 봐버렸어. 그래서 자연스럽게……."

"……죄송합니다."

유이가 실라에게 딱 붙어서 부끄러운 듯이 웃었다.

볼이 분홍색이 된 건 평소의 그녀를 생각해보면 감정을 드러낸 상당히 보기 드문 표정이라 할 수 있을 것이다.

"봐, 봤다니 무엇을?! 내가 모르는 사이에 무슨 일이 있었던 거냐! 그리고 보니 일주일에 한 번 행적을 감추는 건 어떻게 된 일이냐?! 따로 살면서 드나드는 아내 같은 그런 건가?! 그리고 보니 뭔가 신나서 통통 뛰어다녔던 것 같아!"

"역시 머리 회전이 빠르네. 그보다 이렇게 될 줄 알고 있었지?"

"거짓말이다…… 나의 유이가……!"

루이나가 충격에 떨고 있었다.

"전혀 눈치 못 챘던 모양인데……."

쿠에나도 기가 막힌 듯했다.

"큭, 그렇다면 오늘은 여기까지 해두지. 이제 됐다."

"울상이네. 하지만 그럴 순 없어. 오히려 하지 않은 건 너뿐이잖아. 어울리지 않는다는 의미로 보면 루이나야말로 그렇지 않아?"

"크윽……! 지드! 오늘 밤은 같이 잔다!"

"내일이 결혼식이잖아……?"

될 대로 되라는 식이다.

역시 쿠에나를 닮았네. 지기 싫어하는 점이라던가.

딱히 처녀인지 처녀가 아닌지는 아무래도 상관없지만.

성실한 건지, 아니면 궁정에선 완벽하고 싶은 건지.

난 이해가 잘 안 되는 세계다.

하지만,

"다행이다……."

마지막에 나지막이 중얼거린 말은 마음속에서 나온 소녀의 마음이었을지도 모른다.

쿠에나와 실라는 방에서 쫓겨났다.

손님 대우를 받는다고는 해도 웨이라 제국의 중추에서, 게다가 내일은 중요한 결혼식이다. 경호하는 사람이 밤늦게까지 루이나 근처에서 어슬렁거리는 건 참을 수 없다고 말했다.

참고로 유이도 경계를 위해 방에서 나갔다.

자연스럽다고 해야 할까, 부자연스러운 흐름으로 나와 루이나 둘만 남게 되었다.

"지드, 그래서 무슨 용건이었지? 이상한 일에 어울리게 해버렸다만."

루이나가 아직 토라진 기색으로 물었다.

"응, 주고 싶은 게 있어서."

그렇게 말하면서 품에서 작은 상자를 꺼냈다.

뚜껑을 활짝 열자 순백의 진주가 장식된 반지가 고개를 내밀었다.

"이건……."

"약혼반지…… 아니, 결혼반지인가. 그, 결혼하니까. 빨간색 루비가 좋을까 하고 생각했지만, 왠지 모르게 루이나한테는 흰색이 어울리지 않을까 해서……."

"그, 그런가, 고맙다……."

루이나가 손을 뻗었다.

쭉 뻗은 손가락은 가늘고 길다.

하얗게 반짝이는 반지를 약지에 꼈다.

"응…… 좋구나……."

루이나가 황홀한 표정으로 말했다.

하지만 그녀가 연기를 하거나 빈말을 해도 분명 알아차리지 못할 것이다.

그래도 이렇게 반응해주면 기쁘지만.

"그럼 이만, 난 내일을 준비해야 하니까."

"뭐냐…… 가는 건가……?"

그렇게 말하는 루이나의 얼굴은 빨갛게 물들어 있었다.

문득 아까 한 대화를 떠올렸다.

오늘 밤은 같이 잔다.

그건 분위기를 타고 한 말일 것이다.

하지만 둘만의 공간에 있으면 그러기 싫어도 상상하게 된다.

"루이나……."

"오늘 밤은 같은 방에서 보내도…… 괜찮지 않을까."

루이나가 선정적으로 한 걸음 다가왔다.

몸은 달아올랐을 것이다.

왠지 분위기가 뜨뜻미지근하다.

하지만 꾹 참았다.

"……아니, 됐어. 실은 메이드한테 엄하게 주의를 받아서 말이야."

"무슨 말인가?"

"안 그래도 갑자기 결정된 결혼식 때문에 바빠서 침대 정리에 시간을 할애할 수 없대."

"아하하! 메이드한테 엄하게 주의를 받아서 위축되는 건가, 내 남편이 될 남자는!"

"하, 한심하지…… 하지만 역시 신경 쓰여."

"아니, 괜찮다. 그런 제왕은 지금까지 없었을 테니까. 내 취향이기도 해. 하지만 결혼하면 나 이외의 녀석에게 휘둘리는 건 용서하지 않을 거다."

"무자비한 아내가 될 거라는 선언은 무서운데."

루이나 같은 경우에는 웃어넘길 수 없다.

함께 웃으면서 또 만날 약속하고 방에서 나왔다.

(그보다 그냥 흘러간 얘기인데, 루이나는 처녀였나⋯⋯.)

방에서 나올 때 그런 생각이 스쳐 지나가서 얼굴을 볼 수 없었다.

◇

루이나는 방에 혼자 남아 진주가 박힌 반지를 바라보고 있었다.

갑자기 누군가가 문을 노크했다.

입실을 허가하자 메이드가 들어왔다.

손에는 매직 아이템이 있었다.

"기다리게 하여 죄송합니다. 예비 시제품을 가져왔습니다."

"감정 계측기인가. 쿠에나와 모두는 이미 가버렸으니⋯⋯."

"치워둘까요?"

"아니, 됐다. 거기에 둬라."

메이드가 매직 아이템을 두고 방에서 나갔다.

그리고 루이나가 손을 올렸다.

──계측기는 거의 최대치를 가리키고 있었다.

루이나가 무심코 실소했다.

"나도 단순하구나."

매직 아이템 뒤에 측정된 것의 이름이 적혀있었다.

진주, 라고.

다만 폭발하지 않아 불만스러웠던 건, 지기 싫어하는 성격 때문이었을지도 모른다.

◇

복도를 걷고 있으니 눈앞에서 본 적 있는 얼굴이 종종걸음으로 걸어왔다.

어린 용모에는 어울리지 않게 긴 보라색 머리카락은 상당히 화려했다.

"여어~, 잘 지내고 있는 것 같구먼."

리프가 없는 가슴을 펴면서 손을 들고 인사했다.

우쭐대도 외모의 갭 때문에 귀여움 밖에 느껴지지 않는 어린 여자는 다부지게 행동하고 있었다. 그 노력이 보답받는 날이 올까.

"리프. 바쁜 일밖에 없어서 힘들어."

"캇카, 제왕이 되니 당연하지."

"리프도 초대받았어?"

"물론이네. 하지만 오늘은 자네에게 전해야 할 게 있어서 왔다네."

"뭐야?"

내가 물어보자 리프가 마법을 전개했다.

반사적으로 경계했지만, 적의는 느껴지지 않았다.

"이 마법, 기억할 수 있겠나?"

"음…… 몇 번 더 보면."

상당히 복잡한 마법이었다. 아무리 형태를 분석해도, 한 번만 본 걸로 재현하는 건 어려웠다.

"자네도 처음 보고 따라 하는 건 어려운가."

"이게 무슨 마법인데?"

내가 물어보자 리프는 의기양양한 표정을 보여줬다.

뭐지, 이 귀여운 생물은.

"전에 말했던 거라네."

그 말을 듣고 가슴이 두근거렸다.

"……된 건가!"

"이미 길드 직원에게 시험했네. 마법을 대행해서 걸어줬더니 엉뚱한 일이 일어났지."

"대단하네. 리프는 직접 해봤어?"

"아니……."

그렇게 말하는 리프의 얼굴은 조금 어두웠다.

하지만 대단한 마법을 만드는 건 여전하다.

"마법을 좀 더 가르쳐주지. 언제 위험이 찾아올지 모르니 말이야."

"그래, 알았어."

안뜰.

리프에게 지도를 받고 있으니 한 소녀가 말을 걸어왔다.

"실례, 잠시 괜찮으실까요."

얼핏 봤을 때는 상당히 차분한 소녀라고 생각했다.

금발이 빙글빙글 말린 머리 모양을 하고 있었다.

리프가 순간적으로 놀란 표정을 보인 건 왜일까.

"누구지?"

"혼례의 손님으로 초대를 받았습니다. 새롭게 스틸비츠의 여왕이 될 휘프 스틸비츠라고 합니다."

스틸비츠 휘프……?

들은 적이 있다. ……위그의 동생이다.

"나한테 무슨 일이지?"

"이야기는 가능하면 둘이서만."

시선이 리프에게 향했다.

리프가 자리를 피해주길 바라는 거다.

잠시 후, 어린 여자가 어깨를 으쓱였다.

"불륜 현장 같은 건 보고 싶지도 않네. 늙은이는 여기서 작별하도록 하지."

"그만해, 루이나 귀에 들어가면 진짜 살해당한다고. 그리고 초면이야."

"훗훗호~."

리프가 까불거리면서 자리를 떠났다.

리프의 그림자까지 완전히 시야에서 사라진 뒤에야 휘프가 입을 열었다.

"이번 전쟁에 관해 들으셨나요?"

"전쟁이라면 웨이라의······?"

"예, 웨이라 제국과 길드 타도를 노리고 있는 복합군이 일으킨 전쟁입니다."

역시 생각하는 건 똑같았다.

휘프는 스틸비츠의 여왕이 될 것이니 알고 있는 게 당연한가.

"그래. 알고 있어. 그게 왜?"

"그 전쟁의 주모자 중 한 명이 바로 저예요."

한순간 귀를 의심했다.

"······뭐라고?"

"복합군의 수장 중 한 명이 저라고 말씀드렸어요."

엄청난 고백이네.

그렇다면 여긴 그녀에게 적지나 마찬가지 아닌가.

그래서 리프가 그녀의 얼굴을 봤을 때 놀란 건가.

분명 그녀와 루이나는 휘프가 적인 것을 알고 있을 것이다.

알고 초대한 것이다.

목적은······ 규탄하기 위해서일까.

루이나에겐 그걸 실행할만한 자신이 있을 것이다.

하지만 휘프도 대항할 자신이 없었다면 직접 오지 않았을 것이다.

"그걸 나한테 말해도 괜찮은 건가?"

"당신은 이 전쟁의 목적을 아시나요?"

"그야…… 웨이라 제국과 길드를 멸하는 것 아닌가?"

"아니에요."

내 대답에 휘프가 바로 고개를 저었다.

"아니라고? 하지만 그게 아스테라의 뜻일 텐데?"

"네, 그게 아스테라님의 의향이고, 그대로 움직이고 있지요. 하지만 목적은 웨이라 제국과 길드가 아니에요. 저와 아스테라님의 목적은 당신입니다."

"나? 이 전쟁의 목적이?"

"네. 애초에 이 전쟁은 이렇게 확대될 수가 없는 싸움이었습니다. 소규모 레지스탕스가 웨이라 제국의 손에 소탕되고, 지방으로 도망치다 길드의 단속에 붙잡혔겠지요. 그만큼 두 세력이 구축한 시스템은 견고합니다. 이걸 악의적으로 이용하면 무슨 일이 일어날지 무서울 정도로요."

그건 가끔 생각하는 것이었다.

휘프는 한 나라의 주인이니까 여실히 느끼고 있을 것이다. 위그도 말했는데, 중견 국가 등은 사이에 끼어 이러지도 저러지도 못한 상황에 빠지기 쉽다고 하니까.

"그럼 휘프가 이만한 규모로 확대했다는 거야?"

"정확히는 아스테라 님이 절 통해서 하신 일이지요. 이 모든 일이 전부 당신을 얻기 위해서입니다."

"날 얻는다니……? 나 때문에 싸우는 거라면 전쟁을 멈춰줘."

"아니요, 이젠 멈추지 않아요. 애초에 저는 아스테라 님을 대신

하여 움직였을 뿐, 아스테라 님이 그만둘 생각은 없다면 멈추지 않아요."

"그럼 날 얻어서 뭘 하고 싶은 거지?"

거기에 해결의 실마리가 있는 것처럼 느껴졌다.

하지만 휘프가 눈을 내리뜨고,

"저도 모르겠어요."

나지막이 그 말만 했다.

"지금 아스테라랑 이야기할 수 없어?"

"그녀는 당신과 가까이 있으면 대화할 수 없다고 말씀하셨습니다. 그리고 최근 대륙에서는 리프가 방해하고 있어서 마법을 행사할 수 없다고 하셨습니다."

리프가 막연히 시행한 대응책이 효과를 보고 있는 건가? ……반신반의했는데 역시 그 녀석 대단하네.

"그럼 휘프는 무엇을 위해 온 거야? 굳이 네 정체를 전하려고 온 거야?"

"아뇨, 약속해주셨으면 하는 게 있어요."

"무얼?"

"이 전쟁에 나서지 않으셨으면 해요."

너무 솔직해서 한순간 당황하고 말았다.

"왜 그래야 하지?"

"당신과 싸우고 싶지 않아요. 당신은 너무 강합니다."

역시 솔직한 대답이었다. 이 아이한테서는 적의가 느껴지지 않았다.

위그의 말대로 그다지 계략을 꾸미는 타입으로 느껴지지는 않았다.

"너는 이 상황에 아무런 의견이 없어? 이대로 가면 틀림없이 대전쟁이야."

"필요한 일이라고, 아스테라 님께서 말씀하십니다."

"……납득할 수 없는데. 좀 더 시간을 들일 수 없을까? 예를 들면, 휘프가 전언 담당이 돼서 우리와 아스테라를 연결해준다던가."

"그렇게 하면 아스테라 님을 적대시하는 웨이라 제국과 길드에 의해 싹이 완전히 잘릴 겁니다."

휘프로서는 양보할 수 없는 조건인가. 그래서 나에게 나서지 말라고 하는 것이다.

"하지만 나도 루이나를 비롯한 모두가 소중해. 이런 억지는 들어줄 수 없어."

"……부탁해도 안 되나요?"

"그래, 약속은 할 수 없어. 하지만 되도록 손대지 않도록 해볼게."

"정말인가요?!"

생각지도 못한 그런 리액션이다.

그녀 입장에서 보면 난 루이나와 모두의 편이니까 당연하지만.

"하지만 잊지 마. 내가 나서지 않는 이유는 내가 없이도 너희에게 승산이 없기 때문이야."

뭔가 말하고 싶은 듯이 하면서도 휘프는 나한테서 언질을 잡은 것으로 납득했다. 언질이라고 해도 싸울 때는 싸우는 것으로 알고 있을 것이다.

다만 의도는 짐작해줬을 것이다.

이 전쟁에 내가 나서지 않는 의도를.

"그것만으로 충분합니다. 또 하나 부탁드리자면, 이 일은 누구에게도 말씀하지 않으셨으면 합니다."

"그래, 알았어."

애초에 내가 굳이 말할 필요도 없다. 리프와 루이나는 진작 눈치챘을 테니까.

그렇기에 과감하게 휘프를 초대한 것이다.

그녀들의 생각을 차차 읽을 수 있게 됐다는 생각이 들자 조금 무서워졌다.

(다시 말해서 휘프는…….)

거기까지 생각하고 난 왠지 모르게 위그를 떠올렸다.

이런 난 물러터진 걸까.

◇

눈을 뜨니 특별한 분위기에 감싸여 있었다.

온 제도가 떠들썩했고 왕성은 어수선하게 들떠있었다.

"지드 님, 좋은 아침입니다."

아침의 몸단장을 끝내자 노령의 집사가 방에 들어왔다.

"응, 좋은 아침."

"아침 식사 준비가 끝났습니다. 오늘은 루이나 님과 둘이서만 즐겨주십시오."

"알았어."

왕성에 온 뒤부터는 쿠에나와 실라도 함께였지만, 아무래도 오늘까지 그럴 수는 없겠지.

긴 식탁에 호화로운 식기가 나열되었다. 나는 잘 모르는 미술품들과 아름다운 메이드들에게 둘러싸여 있었다.

내 혀를 시험하는 파격적인 식사는 첫날뿐이었고, 지금은 날마다 격이 올라가는 '서민'의 식사가 나에게 기품을 주입했다.

(사실은 이렇게 유연하게 식사를 변경하는 일은 없다고 했는데.)

조리장에서는 독을 항상 경계해야 한다. 보통은 식재의 유통도, 메뉴도 함부로 바꿀 수가 없다.

하지만 그게 가능한 것이 웨이라 제국의 주방이며 조리를 하는 자들의 실력이라고 한다.

그것도 제국에 퍼진 실력주의와 현명한 여제 루이나의 안목 덕분이라나.

눈앞에서 기품 있게 식사하고 있는 여자가 얼마나 대단한지 아침의 모습만 보고도 알 수 있는 것이다.

이 사람이 나랑 결혼하는 건가.

"지드, 오늘은 긴장하고 있나?"

"사실은 조금……. 별로 익숙하지 않아서."

"뭐, 익숙해져라. 앞으로는 이런 파티가 많을 테니까."

주최자로서도, 내빈으로서도 많아진다는 뜻이겠지. 오늘부로 난 제왕이 되는 거니까.

물론, 단순한 결혼과 달리 이 결혼은 내 모험가 신분도 중요하므로, 자잘한 파티로 시간을 빼앗으려 들진 않을 거다.

애초에 루이나가 날 손에 든 카드라고 생각하고 있다면 거만하게 굴 테니까…….

(그런데 제왕이 모험가로서 의뢰를 받는 건 괜찮은 건가……? 나야 지위는 아무래도 상관없지만, 의뢰자는 아닐 거 같은데…….)

아침부터 부드럽고 달콤한 빵을 입 안 가득 넣고 먹으면서 그런 고민을 했다.

(아, 실라랑 쿠에나가 만든 밥이 그립다.)

이곳의 식사는 물론 맛있다.

뛰어나게 맛있다.

그야 그럴 것이다.

하지만 나도 모르게 이상한 고민을 하게 된다.

내 위장은 그녀들의 지배를 받는 것이다.

소위 가정의 맛이라는 것일지도 모른다.

"루이나 님, 보고가 있습니다."

"이라츠인가."

검은 머리카락에 파란 눈을 가진 중년이 들어왔다.

장엄한 외모에 어울리는 군복과 훈장으로 차려입고 있었다.

상당한 실력자라는 걸 알 수 있다.

뜻밖에 시선이 마주쳤다.

"! 지드…… 님도 계셨습니까."

"하하, 이제 경계할 필요 없다. 이라츠."

"으음? 어디선가 만났던가……?"

"몇 번인가 패배했습니다. 실전에서도, 정신적인 면에서도."

"그건, 그러니까…… 미안해…….'"

뭘까.

이제 같은 편이 되는데 거북하네. 게다가 나만 기억하지 못하고 있다니, 최악이다.

아니 잠깐? 전 S랭크 모험가라면 기억하고 있는데? 어라? 그러고 보니 그 사람의 이름은 뭐였지……?

"신경 쓸 필요는 없다. 이라츠도 무인이니까. 선왕 때부터 왕가를 모신 인물이지. 더구나 아이바흐가는 웨이라 제국 건국 때부터 이어져 온 중진이다."

"그렇습니다, 부디 심려치 마십시오. 제왕 폐하."

태도가 상당히 딱딱하다.

아니, 이게 신하라는 건가.

행동도 굉장히 세련되었다.

"후후, 지드는 아직 제왕이 아니다. 오늘 결혼식과 내 은퇴식을 한 후에야 제왕이 된다."

"흠, 실례했습니다. 다른 사람도 아닌 제가 마음이 조급했던 모양이군요."

은퇴식.

그때 루이나는 여제를 그만두는 것이다.

여제는 결혼이 불가하다는 게 웨이라 제국의 규칙이라 빈 제위에 날 즉위시키고 루이나가 배우자가 된다.

이 결정을 지지하도록 여론을 유도하기 위해 상당히 무리했다고 한다.

뭐, 정치는 루이나가 계속해서 할 테니까 그다지 변함은 없다.

이런 사실들을 비롯해서 결혼식을 하기 전에 이래저래 배웠다. 바빴던 건 이 때문이다.

"그래서, 무슨 보고이지?"

"예, 전쟁 준비가 진행되고 있는 것 같습니다."

"역시 움직이나."

이라츠의 말을 듣고 루이나가 고개를 끄덕였다.

복합군 이야기일 것이다. 전날에 휘프와 한 이야기를 떠올렸다. 루이나 일행 역시 전부 파악하고 있는 것 같다.

"이에 맞서 아군도 응전 준비를 마쳤습니다."

"그래, 부탁하지."

루이나가 그렇게 말하자 이라츠가 가볍게 인사하고 물러났다.

이제 물어봐도 될 것 같아서 물어봤다.

"무슨 일 있었어?"

"우리의 결혼식을 방해하려고 일을 꾸미고 있는 자들이 있다. 하지만 걱정하지 마라. 넌 당당하게 앉아있으면 된다."

"알았어."

난 휘프를 떠올리면서 고개를 끄덕여 보였다.

혼례를 치르는 날, 제도의 하늘도 축하해주듯이 밝고 화창했다.

웨이라 제국 여제의 혼례인 만큼 식에 참석한 자들은 500명을 넘는 왕후 귀족과 대상인 및 각계의 수뇌들이다.

왕성에 여럿 있는 안뜰 중에서도 가장 거대한 안뜰은 오늘만큼은 평소보다 더 많이 장식되어 있었다.

두 소녀가 선도하는 버진로드를 혼례 참석자가 숨을 죽일 정도로 아름다운 여성이 걸었다.

여성——루이나는 빨간 비단 로브데콜테를 입고 있었다. 여제라 불리기에는 젊은 미녀는 모두를 매료시켰다. 무엇보다도 놀라운 것은 지드였다.

사제 소리아가 의례적인 문구를 다 말하자 지드와 루이나는 평생의 계약에 말로써 동의했다. 지드가 베일을 천천히 들어 올렸고, 루이나의 아름다움에 가슴의 두근거림을 느끼지 않을 수 없었다.

두 번째가 되는 입맞춤에 가슴이 녹아내릴 것만 같았다.

파티가 시작되었다. 최고의 요리사가 모인 회장에서, 많은 사람이 입맛을 다셨다.

사람들이 줄을 서고 인사하러 왔다.

"이야~, 전에 의뢰를 받아주셔서 감사합니다. 덕분에 나라를 어지럽히던 마물들이 사라져서……."

"지드 님께 부디 저희 대장장이 대국의 힘을 보여드리고 싶습니다. 이건 저희가 준비한 최고의 창으로서……."

지드는 이 자리를 꽤 불편해하면서도 테이블에 차려진 음식을 많이 먹었다.

그리고 휘프의 차례가 되었다.

하지만 그녀가 입을 여는 것보다 먼저 루이나의 측근이 황급히 다가왔다.

"전쟁의 결판이 났습니다."

"빠르군. 어떻게 됐지?"

측근의 말에 휘프도 시선이 고정되었다.

옆에 있는 지드도 조용히 듣고 있었다.

"적이 '미지의 기술'로 3만의 군세를 제도 부근의 '엑소와르 평원'으로 전이시키면서, 당초 전략에 변동이 생겼습니다만——."

여기서 말하는 미지의 기술은 두 가지 있었다.

하나는 대규모 전이다.

전이는 고도의 마법이며 소비하는 마력량도 보통이 아니다. 대륙에서 3만 명이나 되는 사람을 일제히 전이시키는 우악스러운 기술을 행사할 수 있는 자는 없다. 그게 가능한 건 여신 아스테라가 배후에 있기 때문이다.

그리고 또 하나는 제도 부근까지 전이했다는 것.

웨이라 제국은 위협적인 적에는 전력으로 대처한다.

혼례를 올리는 날을 노린 것처럼 일어난 이 전쟁도 예외가 아니었다.

그렇기에 제도 부근에는 대마법용 방어진이 있어서 군용 마법도 쓸 수 없다. 적의 마법은 모조리 무효로 만들 수 있을 만큼 강력하다.

그런데 이들은 그걸 돌파하고 전이했다.

지드도 위험한가 싶었는지 이쪽으로 눈빛을 던졌다.

휘프가 의기양양한 표정을 지었다.

하지만 이정도는 아무것도 아니다.

"거드름 피우지 마라. 어차피 우리의 승리는 변하지 않는다."

"──물론입니다. 제도 방어에 임한 이라츠 님을 비롯하여 1만의 정예가 적군을 봉쇄했습니다. 그리고 두 번째 전이는 실패한 것으로 보이며, 전장에서 흩어진 병사를 포함하여 2만 명가량을 포로로 붙잡았습니다."

1만 대 3만에서 승리했다.

완전한 기습을 당한 상황에도 이렇게 할 수 있다.

그렇기에 웨이라 제국은 인류 최강의 국가가 된 것이다.

"고작 3만으로 어떻게 하나 싶었는데, 아스테라의 묘책에 의지했군. 그것도 별것 아니구나."

루이나의 시선이 우두커니 서 있는 휘프에게 향했다.

"그래서 처음부터 승산이 없는 싸움이라 생각하지 않았나? 목적은 뭐지?"

"아, 알아채고 있었나요……!"

"이상한 이야기구나. 알아차리도록 하고 있었던 게 아닌가? 그렇다면 너무나도 엉성하구나. 아스테라의 힘으로 우위에 서고, 아스테라의 힘으로 선동하고, 아스테라의 힘으로…… 전쟁을 유리하게 진행할 수 있을 줄 알았나?"

"무슨……."

"그저 아스테라의 장기말로서 특별한 신조도 없이 흘러가는 대로 움직였을 뿐이다. 이러면 순수한 장기말이었던 로이터가 더 무서웠지. '아스테라의 추종자' 수준의 적과의 전쟁을 상정했던 내가 바보 같잖나."

루이나가 따분하다는 듯이 하품을 했다.

"스, 승리를 믿고 있었던 건가요?"

"여기 있는 사람이 전쟁 발발을 모를 줄 알았나. 파티 참가자는 널 제외하고 우리 제국의 승리를 믿고 있다. 그러니 이렇게 즐기고 있는 거겠지."

그 말을 듣고 휘프는 소리가 들릴 만큼 주먹을 강하게 쥐었다.

"지금 지는 편이 나았을 거예요."

휘프가 괴로운 얼굴로 말했다.

"왜지?"

"상대는 신이에요! 우리가 이길 수 있는 상대가 아니에요!"

"아니, 이미 두 번 이겼다. 상대는 모두 장기말이었지만. 그리고 신이라고 해서 저항을 포기할 이유는 되지 않는다. 정말로 전능한 신이라면 이런 귀찮은 식으로 나설 이유가 없지."

휘프의 몸에서 힘이 빠졌다.

그리고 양손으로 얼굴을 가렸다.

잠시 후,

"……하아, 졌습니다. 후후, 전 성에서 바느질이나 하는 게 성질에 맞아요. 계속 무서운 일만 있었어요. 떨림도 완벽하게 숨기지 못했겠죠."

작게 미소를 띠고 있었다.

"아니, 이만하면 노력한 편이다. 전에 파티장에서 몇 번인가 봤는데, 얌전했던 그때보다는 훌륭하게 잘했어. 난 얌전한 게 더 취향이다만."

"저도 옛날의 모습이 더 성미에 맞아서 그렇게 말해주니 기쁩니다."

루이나가 손가락을 세우고 휘프를 응시했다.

진지한 표정이었다.

"한 가지 묻고 싶은 것이 있다. 왜 아스테라에게 복종하여 싸웠지? 오라비를 밀어내면서까지. 네가 할 수 있다고 생각한 건가?"

그것은 이후 아스테라의 영향을 받은 인물의 행동에 관한 힌트가 되는 질문이었다.

최악에는 답은 얻지 못할 것이다.

하지만 휘프는 깔끔하게 입을 열었다. 고민하는 기색조차 보이지 않았다.

"부추김을 받았어요. 제가 사람을 조종할 수 있었던 데는 이유가 있는데, 아스테라 님의 눈은 이 세상에 두루 미칩니다. 누군가가 다른 사람에게 말할 수 없는 나쁜 짓을 하면 약점이 되죠. 스틸비츠의 장군은 어느 고귀한 분과 바람을 피웠고, 재상의 친척은 가족이 전부 극형에 처할 큰 사건을 은폐하고 있었습니다."

휘프는 그걸 이용해서 오빠인 위그를 밀어냈다.

그렇게 여왕이 되어 보인 것이다.

레 에곤의 동향을 알 수 있었던 것도 아스테라의 눈이 있었기 때문.

웨이라 제국의 눈을 피한 것처럼 보인 것도 (실제로 일부는 정말로 피했지만) 같은 이유 때문이다.

"하하핫, 재밌구나. 하지만 그걸 말해도 괜찮은가? 스틸비츠의 약점이 될 텐데?"

"네, 언젠가 정리하려고 했던 문제니까요. 뒷일은 오라버니에게 맡기죠. 지드 씨도 분명 그러길 바라고 있었을 테니까요."

"응?"

지드는 햄스터처럼 밥을 먹으면서 고개를 돌렸다. 하지만 이야기를 거의 듣지 않았는지 대답은 애매했다.

"그런가. 스틸비츠의 본대도 움직이지 않고 있는 것 같으니까. 아직 뭔가 숨기고 있어?"

이번에 쳐들어온 3만 명이나 되는 병사는 레 에곤의 휘하에 있는 자들뿐. 다시 말해서 도적과 '아스테라의 추종자' 아래에 붙어 있던 조직 등의 오합지졸이었다. 일부 국가에 속한 군대도 있었지만, 복합군의 얼굴이 될 정도는 아니다.

"아무것도 숨기고 있지 않아요. 승기가 보이면 스틸비츠의 군대도 움직일 생각이었지만 완패했으니까요. 쓸데없는 희생은 치르고 싶지 않습니다."

"그 말은……."

"네, 악행을 한 사람은 언젠가 정죄당하니까요."

그토록 대담한 루이나도 이때만큼은 간담이 서늘해졌다.

한순간 무슨 말을 할지 고민하고 대담하게 표정을 풀었다.

"무서운 여자로군. 여제의 자질이 있어. 아니, 지금부터라도 늦지 않았다. 이쪽 세상이 더 잘 어울려."

루이나가 순수하게 칭찬하는 건 드문 일이었다.

자기하고는 상관없는 일이라 생각하고 식사하던 지드도 시선을 돌릴 정도였다.

하지만 휘프는 고개를 저었다.

"아뇨, 그만하죠. 뒷일은 루이나 님께 맡기겠습니다."

"날 믿는 건가?"

"네."

루이나는 망설이지 않고 긍정한 소녀가 마음에 든 듯했다.

"홋, 그런가…… 그렇다면 지드의 약점이라도 찾으면 그쪽이 유리했을 텐데."

"지드 씨는 특별해서 가까이에 있는 분을 보는 것조차 무리라고 해요."

"거기에 아스테라가 바라는 이유가 있을 것 같구나."

"그럴지도 모르죠. 거기까진 물어보지 못했어요. 상대가 편할 때만 이야기할 수 있으니까요."

"그런가? 난 네가 전언 담당으로 쓸 수 있는지 생각하고 있었는데."

"힘들겠죠. 아스테라 님께 전 이미 실패한 장기말이니까 연락을 하는 일도 없겠죠."

루이나는 아쉬워하면서 화제를 바꿨다.

"그런데 중요한 걸 물어보지 못했군. 네가 부추김을 받은 이유는 뭐지? 혹시 너도 아스테라에게 약점을 잡혔나?"

"그런 건 아니지만…… 후후, 소녀의 비밀이지만, 이번엔 특별해요. 당신이 우리나라에 쳐들어왔던 일을 기억하나요."

"물론이고말고. 원망하고 있나?"

"아뇨, 원망보다 더 강렬한 기억이 있습니다. 홀로 대군세를 받아친 분에 대한 기억이."

"호오, 그 남자는 꽤 좋은 남자겠지."

알아차린 루이나가 웃었다.

오늘 평생을 맹세한 남자가 칭찬을 받은 것이다.

반격을 당한 대군세의 수장이라 해도 자기 일처럼 기뻐하는 마음이 있었다.

"네. 그분의 용맹한 모습을 동경해서 제가 행동을 할 정도로. 저 같은 소심하고 성에서 나간 적이 없는 소녀라도 그 사람과 어깨를 견줄 수 없을까, 하고."

"하하, 질투가 나는구나. 그렇게 부추김을 받을 정도로 동경한 건가."

이야기의 장본인은 이야기를 이해하지 못하고 접시에 담긴 스테이크를 입 안 가득 넣고 먹고 있었다. 그 전장에서는 구하고 싶은 사람을 구하고 적이었던 여자에게 키스를 받았다. 인상적인 사건은 결코 타인이 본 것과 같다고 할 수 없는 법이다.

──갑자기.

휘프의 몸이 강하게 발광했다.

지드가 큰 마력의 물결을 느꼈다.

"위험해, 루이나!"

지드가 바로 루이나를 감싼 건 좋은 판단이었다.

충격과 함께 지드와 루이나가 공중에 떴다.

『키에에에에에에에에에!!!』

절규가 제도를 감쌌다.

그리고 그것보다 더 강대한 마력이 주위 일대를 진동시켰다.

사이즈는 하늘을 덮을 정도였고 몸은 구체형이었다. 여섯 개의 검푸른색 손을 능숙하게 다리로 쓰고 있었다. 입은 눈보다 컸다.

참석자는 순식간에 위기라는 것을 이해하고 제각기 도망치라 소리쳤다.

괴물 아래에는 휘프가 있었다.

마력이 고갈되어 창백한 얼굴로 주위를 둘러봤다.

"이건…… 정령……? 아스테라 님이 나에게…… 심은……?"

정령 피가나모스.

대륙에는 한 번도 나타난 적이 없는, '금기의 숲속'의 주인을 초월하는 괴물이었다.

피가나모스는 가장 먼저 휘프를 손으로 뭉개려고 했다.

휘프가 있던 곳 근처에서 연기가 퍼졌다.

여기 모인 자 중에 괴물의 손에 반응할 수 있는 자는 극히 일부다.

하지만 그 손을 막아낸 자가 있었다.

위그 스틸비츠.

충격으로 인해 양손이 부러지면서도 몸 전체로 받아냈고, 코와 입에서는 피가 흘렀다.

위그는 A랭크 모험가이며 실력은 대륙에서 상위에 든다. 그래도 일격을 막아낸 것만 해도 그야말로 기적이라 할 수 있었다.

"휘프…… 괜찮아……?"

"위그 오라버님……!"

훌륭한 형제애였다. 형제간에 피를 보는 일이 잦은 왕족 사이에서는 보기 드문 우애였다.

다시금 피가나모스의 손이 옆에서 덮쳤다.

그러나 두 번째 공격은 없었다. 유이가 마법으로 받아낸 것이다.

오늘은 전쟁에 나가지 않고 루이나의 호위를 서고 있었다.

하지만 그녀도 피가나모스의 손에 의해 왕성에 수많은 구멍을 뚫으면서 날아갔다.

그 외에도 웨이라 제국에서 정예라 불리는 무인이 왕성을 지키고 있었다.

하지만 그들도 순식간에 의식이 깎여나갔다.

"좀 진정해, 괴물!"

맨 처음 피가나모스에게 일격을 가한 건 손님으로 초대받은 쿠에나였다. 다음은 실라였다.

하지만 작은 상처조차 입히지 못했다.

피가나모스의 눈이 쿠에나 일행에게 향했다.

그때 목소리가 들렸다.

"참가자와 비전투원의 전이를 완료했네."

"나 참, 성가신 일에 휘말렸네."

"이럴 때 필이 있으면…… 여러분, 회복합니다!"

리프와 네림이 전이를 마치고 소리아가 회복을 끝냈다.

피가나모스의 발치에 있던 위그를 포함해서 모든 손상은 치유

되었다.

『크아아아아아아아아아아아아아아아아!!!』

짜증 난다고 느꼈는가.

피가나모스가 다시 소리를 질렀다.

고막이 찢어질 듯이 커서 모두 무심코 귀를 막았다.

피가나모스의 손이 마력을 띠었다.

하나는 불, 하나는 얼음, 하나는 번개, 그리고 하나는 어둠.

모두가 경계했지만 피가나모스의 일격은 닿지 않았다.

"오식──【격진】!"

지드의 마법으로 인해 피가나모스가 띤 마력은 무산되었다.

움직임이 잠시 멈춘 덕에 쿠에나 일행은 공격을 피할 수 있었다.

"지드, 무사했구나!"

실라가 말을 걸었다.

"그래, 루이나도 무사해."

흙먼지 속에서 루이나와 지드가 나타났다.

"자네가 보기에 이 녀석은 어떤가!"

"위험한 괴물이야. 나도 이길 수 있을 것 같지 않아. ──하지만 여기선 또 하나의 인격은 꺼낼 수 없어. 그러니 리프, 그 마법을 쓸게."

"어, 어이, 결국 어젯밤에는 못 쓰지 않았나! 어떻게 될지 모른다고!"

피가나모스의 손이 다시 올라갔다.

이번엔 더욱 진한 마력을 띠고 있었다.

"마법——『운명윤전(殞命尹佺)』!"

지드가 마법을 말하자,

그곳에 한순간 기묘한 시간이 흘렀다.

모두가 1초를 1분처럼, 긴 시간을 보내고 있는 것처럼 느끼고 있었다.

가장 빠르게 움직이고 있는 건 피가나모스였지만, 역시 그 손은 나무에서 떨어지는 가랑잎보다 느렸다.

"오오, 그립네. 이 괴물도, 이 풍경도. ——이십칠식【왕탈(王奪)】."

피가나모스의 움직임이 결정적으로 멈췄다. 동시에 다른 멤버의 시간은 움직이기 시작했다.

"누, 누구……?"

맨 처음 당혹감을 보인 건 쿠에나였다.

"어라, 지드?! 응?! 아니, 지드……?!"

다음은 실라였다.

상황을 이해하고 있는 건 리프뿐이다.

"그래, 지드라네. 더 정확하게 말하자면 10년 후의 지드지."

"잘 지내는 것 같아서 다행이야, 다들."

리프가 소개하자 지드가 밝은 웃음을 띠었다.

몸은 더 커졌고 얼굴도 차분했다.

하지만 그건 확실히 지드였다.

◇

"10, 10년 후?! 너무 갑작스러워서 이해가 안 되는데!"

쿠에나가 당혹감을 숨기지 않고 리프에게 질문을 던졌다.

"처음엔 미래를 확인하려 했을 뿐이었네. 우리에게 미래가 있는지 어떤지 말이야. 다행히도 마족에 미래를 내다보는 녀석이 있었으니, 뭐, 잘하면 되겠다 싶었지."

"그걸로 가능하게 만들다니⋯⋯ 역시 너무 대단해요."

"천재 소리아에게 그런 말을 들을 줄이야. 이 몸도 아직 쓸만하구먼. 하지만 이건 단순한 미래시가 아닐세. 미래를 내다볼 뿐만 아니라, 미래에서 소환하는 것도 가능하지. 미래의 자신과 현재의 자신이 뒤바뀌는 걸로 말일세."

"확실히 10년 후의 지드라면⋯⋯ 대단할 것 같네."

피가나모스는 완전히 멈춰있었다.

손과 몸은 축 늘어져 있고 눈은 반쯤 뜬 채로 움직이지 않았다.

미래의 지드가 건 마법인 것은 확실했다.

그런 그가 리프를 봤다.

"잠깐 괜찮을까, 리프."

"뭔가?"

"너도 언젠가 알겠지만, 사실 난 이 시대에 간섭할 수 없어."

피가나모스를 움직일 수 없게 한 것이 미래의 지드가 할 수 있는 최대한의 양보였다.

그를 버팀목으로 생각했던 리프가 미간을 찌푸렸다.

"음? 어째서인가?"

"에이겔이 말하길, 미래의 힘을 빌리면 미래가 사라져버리기 때문이래."

"으음……."

리프가 고개를 갸웃했다.

재차 주의를 주듯이 미래의 지드가 말했다.

"그리고 미래를 내다보기 위해 이 마법을 만들어냈다고 했지. 실은 그 마법이 있어서 방심이 생기고 있어. 미래에 아스테라에게 이겼다는, 질 리가 없다는 안심이지. 그 결과, 몇몇 미래에서는 패배가 생겨나고 있어. 지금 난 원래 세계로의 수렴을 위해 여러 세계에서 움직이고 있는데…… 뭐, 그건 제쳐두자."

"미래는 하나가 아닌가?"

"그래, 운명은 하나만 있는 게 아니야. 리프는 엄청난 천재야. 마법 기술의 특이점이야. 그래서 이렇게 미래의 날 소환할 수 있지. 하지만 힘이 너무 크기 때문에 여러 간과한 부분이나 눈이 닿지 않는 곳이 많아. 부주의하게 인과율을 비트는 짓은 그만해라── 이건 미래의 에이겔이 말한 거야."

"그런가…… 에이겔은 잘 지내고 있구먼."

리프가 조용히 미간을 찌푸렸다.

지드도 그에 따르듯이 눈을 가늘게 떴지만 금방 장난스럽게 말했다.

"그래, 큰일이라고. 여체화 하거나 기세를 타고 나랑 결혼하거나 해서."

"""뭐, 뭐어어어?!(헤에에에~~?!)"""

각종 반응이 돌아왔다.

"아, 이런, 미래에 대해서는 그다지 말하면 안 됐지."

"엄청난 폭탄을 두고 가지 마!!"

쿠에나가 호통쳤다.

지드는 '타하하'라고 웃으면서 얼버무렸다.

하지만 그다지 변하지 않은 모습을 보고 루이나가 물었다.

"묻고 싶은 게 딱 하나 있다. 정실…… 첫 번째 부인은 누구일까?"

그건 루이나에게 중요한 문제였다.

그녀는 자존심도 세고 지드에 대한 마음도 진짜다.

그렇기에 다른 여자와 정면으로 사랑 경쟁을 하고 있다.

그건 루이나가 물어보지 않을 수 없는 질문이었다.

"어, 누구냐니……."

지드의 시선이 망설임 없이 향했다.

지드는 바로 눈을 돌렸지만, 본 여자는 한 사람뿐이었다.

————————네림이었다.

일련의 대화를 듣고 있던 네림이 어깨를 축 늘어뜨렸다.

"뭐……? 왜 날 본 거지?"

"아, 이런 건 말 하면 안 된다고 정해져 있어서, 미안."

"잠깐, 그런 건 아무래도 상관없어. 난 현재의 지드를 죽여야만

하게 되는데, 어? 진짜 어떻게 된 거야? 잠깐만, 그만해, 이봐, 말 좀 들어, 미래의 지드! 왜 날 본 거야!!!"

네림의 동요는 평소의 언동을 바꿔버릴 정도였다.

하지만 루이나는 네림 이상으로 놀라고 있었다.

"내, 내가 아닌가……? 나, 난 웨이라 제국의 선대 여제라고……? 이, 이봐…… 나는…… 너…… 어? 지위를 봤을 때 소리아나 스피가 가장 큰 적이 아닐까 하고 생각하고 있었는데……? 쿠에나나 실라도 위험할 것 같다고…… 어? 어째서?"

루이나는 부들부들 떨리는 손을 보면서 절망의 구렁텅이에 빠진 것 같았다. 유이가 그런 그녀의 머리를 쓰다듬으면서 위로했다.

다양한 반응을 보면서 쿠에나가 중얼거렸다.

"미래 이야기 같은 건 들을 게 못 되네."

"자, 잠깐만~! 이 괴물 왠지 움직이기 시작했는데요~!"

실라의 말대로 피가나모스는 마법을 깨기 시작했다.

"어이쿠, 난 이만 가야 해."

주위의 양상과는 반대로 지드는 여유로웠다.

"뭐냐, 이놈까지는 잡고 가는 게 아닌가?"

"너무 간섭하지 않는 편이 좋으니까. 이것도 성장을 위한 양식이라 생각해줘. 그리고 미래에 간 나도 위험해졌을 것 같으니까. 대신 말을 남기고 갈게. 나한테 전해주지 않을래? '받아들여 줘'라고."

그렇게 말하고 미래의 지드의 모습이 깜빡였다.

그리고 익숙한 모습의 지드가 나타났다.

상당히 지친 모습으로 어깨로 숨을 쉬고 있었다.

"도, 돌아왔나?! 나, 살아 있는 거지?!"

지드는 당황해서 자신의 몸을 확인했다.

네림이 그런 그에게 바싹 다가갔다.

"잠깐 너한테 물어보고 싶은 게 있는데! 미래에 갔다 왔지?! 미래의 네가 역겨운 암시를 했는데! 있을 수 없는 일이지?! 미래의 난 어떻게 되어있었지?!"

"네림! 다행이다, 네림은 무뚝뚝하지?! 날 쓰다듬거나 하진 않지?!"

지드의 그런 반응은 네림이 가장 원하지 않는 것이었다. 그녀에겐 악몽이나 다름없었다.

"꺄아아아아아아아악!! 미래의 내가 그런 짓을 한 거지? 그런 걸 묻는다는 건 그런 거지?!"

"난 제왕의 자리를 줬는데…… 제일 좋아하는데……."

그야말로 아비규환이었다.

정신을 놓은 루이나, 땅바닥에서 소리치고 있는 네림, 머리를 싸맨 지드.

리프가 그런 그들의 모습을 좀 더 보고 싶다고 생각하는 가운데, 소리아가 자세를 잡았다.

"저, 저기, 첫 번째 부인이라던가, 그런 아무래도 상관없는 이야기를 하고 있을 때가 아니라구요?!"

"상관없을 리가 없잖아! 내, 내가 그럴 리가……! 결혼이 싫어서 마왕 토벌에 나섰던 건데?!"

"그래! 아무래도 상관없을 리가 없지!! 너도 성당에서 신경 썼잖아!!"

"그, 그건 그렇지만! 이제 구속이 풀리는 것 같아요! 지금은 이쪽이 우선 아닌가요?!"

피가나모스가 거구를 다시 일으켰다.

그 손이 크게 펼쳐졌다.

"미, 미래의 나도 쓰러뜨리지 못했나?"

지드가 이제 알아차리고 경계했다.

리프가 지드에게 말했다.

"미래의 자네가 말했네. 지금 힘내지 않으면 의미가 없다고. 그리고 이렇게도 말했다네. '받아들여라'라고."

지드의 심장이 고동쳤다.

그것에 대해 계속 고민하고 있었던 만큼 바로 말뜻을 이해했다.

"하하, 설마 미래의 자신이 밀어줄 줄이야. ──다들, 시간을 벌어줄 수 있을까."

지드의 눈에서 빛이 사라졌다.

안 그래도 검은 눈동자는 더 진하게 물들어갔다.

쿠에나가 호응했다.

"어쨌든 싸우는 수밖에 없다는 거네! 네림, 네가 가장 큰 전력이니까 정신 차려!"

"제에엔자아앙! 이 부조리함을 너한테 풀어주겠어!"

"간다~!"

"회복은 맡겨주세요……!"

"캇캇카, 이거 힘든 일이 되었구먼."

"……."

제3화 또 하나의 나

(또 하나의 나.)

그 녀석이 발현된 건 언제였을까.

그건 더 이상 기억나지 않는다.

하지만 확실한 건 나조차도 무섭다고 느낄 때가 있다는 것이다.

언젠가 몸을 빼앗기지 않을까 하는 생각이 든다.

(넌, 어둠 속에 있어.)

그건 어릴 때의 나다.

뭔가를 하는 것도 아니고 날 보고 있다.

무구한 웃음을 띠고.

(성장하지 않았던 건 내가 봉인하고 있었기 때문이구나.)

숲에 있었을 때는 마물을 죽이는데 망설임이 있어서 내가 편할 때 불렀다. 살기 위해 모든 더러운 일을 맡겼다.

도망치기 위해 이용하고 있었다.

하지만 난 그런 널 무섭다고 느꼈다.

내가 가진 모든 것을 상회하고 있으니까.

그래서 홀로 고독해도 아무렇지 않은 널 여기에 남긴 것이다.

그래서 넌 언제까지나 내 마음속에 계속 있는 것이다.

"난 너무한 놈이지. 너보다······ 훨씬 더. 하지만 분명 너랑 같이 살아가야만 해."

'무섭지 않아?'

또 하나의 나가 입을 열었다.

자신의 목소리로는 느껴지지 않는 높은 목소리였다.

난 옛날에 이런 목소리였을 것이다. 그렇게 생각하자 그리움이 느껴졌다.

"무섭지."

'그럼, 괜찮은 거야? 이대로 가둬두는 편이 낫지 않아?'

"넌 내가 두고 온 과거야. 여기서 청산해야만 한다는 느낌이 들어."

'몸을 빼앗긴다고 하더라도?'

"아무리 그래도 전부는 안 돼. 나에겐 지키고 싶은 게 생겼어. 나 이외의 사람을 위해 싸우는 거야."

'결국 힘이 목적이잖아.'

"그렇지."

'거짓말쟁이. 「좀 더 천천히 마주하고 싶었다」는 생각도 하고 있지?'

모든 것을 꿰뚫어 보는 것이다.

언젠가 결착을 지어야 한다고 생각하고 있었다.

그래서 소리아의 협력을 받고 있었다.

'바보구나.'

"그래, 바보야. 그래서 도움을 받으며 살고 있지."

'그렇네. ——그런데 안심해. 원래 우린 한 명이었어. 빼앗길 걱정은 처음부터 없는 거지.'

"그래……?"

'아까도 말했잖아. 여기에 있는 건 내버려 두고 온 과거라고. 죽이고 싶으면 죽인다, 그런 가치관이 배양돼서 버리려고 한 과거야. 말하자면 그런 것이 축적된 게 나라는 거지.'

"……."

왠지 모르게 이해가 된다.

또 하나의 나는 다른 인격이 아니라고 전하고 싶은 것이다.

하지만 그건…….

그럼 말하는 상대는 누구지.

'옛날의 나에게 내가 이런 말을 할 수 있겠어? 가치관이라던가 배양이라던가 축적이라던가. 난 계속 함께 있었어. 도서관에서 졸아서 침 때문에 책을 망가뜨렸을 때도, 젓가락을 쓰지 못해 손으로 먹었을 때도.'

"다시 말해서 기억을 엿보고 있었다는 뜻인가?"

소리아는 다른 인격끼리 기억을 공유하는 경우는 없다고 했는데…….

'아니, 우린 희미하게 기억을 공유하고 있었을 거야. 내가 사람을 죽였을 때도 그렇잖아. 그건 내 기억을 받아들일 준비가 되어 있었기 때문이야.'

"그럼 왜 신도를……."

'심심풀이야. 재밌기 때문이지. 순진한 아이의 마음이란 거지.'

차차 생기던 친근감이 순식간에 사라졌다.

심연을 들여다보고 있는 듯한 눈동자에 전율을 느꼈다.

"넌 누구지?"

'나야. 또 하나의 나. 하지만 똑같은 나이기도 하지. 복잡하게 생각하지 않아도 돼. 앞면과 뒷면이라 생각해도 좋아. 그쪽이 선의고, 이쪽이 악의 같은 것이지. 그렇게 간단히 생각해도 안 되겠지만.'

"그 순진한 아이의 마음은 악의지. 그게 표면에 나와버린 건…… 내가 널 받아들이지 않았기 때문에?"

그래서 내 의사를 무시하고 폭주한 건가.

'그럴지도. 날 받아들인 후를 기대해도 될지도 몰라.'

또 하나의 내가 손을 뻗었다.

무서웠다.

하지만 난 자신의 온도를 전하듯이 그 손을 잡아 보였다.

'진짜 바보네. 내가 현실 세계에 있었던 총 시간은 고작 며칠…… 많이 쳐줘도 몇 달이야. 하나가 되어도 거의 너야. 내가 남을 리가 없지.'

또 하나의 내가 그렇게 말하자 부유감을 느꼈다. 일체화하면 이 공간이 없어지는 것도 필연이었다.

"너……!"

말하려는데 시야가 밝아졌다.

떠날 때 참 뒷맛이 쓴 말을 남겨줬다.

그래도 마지막으로 본 또 하나의 내가 해맑게 웃고 있어서 위안이 되었다.

◇

"대단해 대단해! 팔이 부러졌었는데 벌써 나았어! 이게 성녀 소리아의 회복 마법!"

"성녀는 스피 님이에요……!"

"있잖아, 그 성녀라는 명칭 싫은데! 용사 파티랑 관련된 단어 같은 건 듣고 싶지도 않아!"

실라, 소리아, 네림.

"이봐, 날 노리고 있다고!"

"시끄러워! 넌 입 다물고 있어!"

"……온다."

루이나, 쿠에나, 유이.

"뭐냐, 돌아온 건가."

리프.

맨 처음 내가 돌아온 걸 알아차린 건 그녀였다.

마력을 희미하게 감지할 수 있기 때문일 것이다.

""""지드(씨)!""""

"기다렸지."

주위의 마력이 순식간에 검게 물들어가는 것을 느꼈다.

이게 또 하나의 나의 힘인가.

"그건 무슨 원리인가?"

"나도 잘 몰라."

"흠…… 주위에 떠돌아다니는 마력을 거둬들이면 몸에 부담이 가지. 그렇기에 마법은 자신의 마력을 소비하는 방식이고, 무한히 쓸 수 없다네. 하지만…… 자네의 그건 세계 전체의 마력을 자신의 마력으로 변환하고 있군."

"친절한 설명이네."

일대의 마력이 내 마력과 동질화되어 가는 느낌은 있다.

아스테라에 의해 생겨난 괴물은 너무 경계한 나머지 움직이지 못했다.

또 하나의 나에게 이어받은 이 힘은 좋아진 점이 있었다. 그건 누구에게도 불쾌감을 주지 않는다는 점이다.

쿠에나와 모두는 전혀 두려워하지 않았다.

정말로 나 자신의 힘이 된 것이다.

(그게 의미하는 건…… 그 녀석과 일체화되었다는 것.)

신기하게 자신이라는 느낌밖에 들지 않았다.

위화감이 없다.

"──잠깐 이 괴물이랑 다른 곳에 갔다 올게."

순식간에 장소가 바뀌었다.

그 괴물과 난 신도가 있었던 곳으로 전이했다.

이전과 변함없이 아무도 없다.

『키이이아아아아아아!!!』

위협하는 비명만으로도 대지가 들썩였다.

아무래도 지금까지 힘을 온존한 모양이다.

체력 온존.

그렇게까지 하는 건 우리를 죽인 뒤에도 진격하려는, 단순한 괴물이 가질 수 없는 이성적인 생각이 보일락 말락 하는 듯했다.

그 너머에 있는 건 대륙의 괴멸일까.

하지만 두려움을 느끼지 않았다.

오히려 내가 한 발 내디디면 괴물이 주춤할 정도였다.

"그렇군. 아스테라가 나에게 집착하는 이유가 이해된 것 같아."

여신 아스테라.

그렇게 불릴만한 힘의 존재는 느끼고 있었다.

하지만, 과연.

내가 온 세상의 마력을 지배할 수 있다면 절대적인 힘을 가진 여신을 뛰어넘을 가능성이 있을 것이다.

『킥…….』

괴물이 손을 뻗었다.

촉수 같은 팔이 날 감싸려다가—— 움직임이 멈췄다.

그리고 괴물의 몸이 오그라들어 갔다.

"넌 내 동료를 다치게 하려고 했어. 그러니, 미안해."

뚝, 툭, 철썩…….

귀에 거슬리는 소리가 울렸다.

주위의 마력이 압력을 띠었다.

또 하나의 나와 일체화했을 때 떠오른 전투 방식——.

"칠식——【마쇄(摩碎)】."

충격이 주위에 전해졌다.

검은 마력에 휩쓸린 괴물의 모습은 사라졌다.

임의의 범위에 검은 마력을 모아 묻지도 따지지도 않고 적을 압
쇄한다.

이번엔 처음이라 불안정한 마법이었다.

전이하길 잘했네.

만약 쿠에나와 모두가 있는 곳에서 까딱 잘못했다면…… 상상
도 하기 싫다.

"…….".

문득 죄악감이 싹트고 있다는 걸 깨달았다.

괴물을 죽인 것에 대한 죄악감이다.

또 하나의 나를 인식했기 때문일까. 아니면 이곳의 분위기 때
문일까.

이번엔 누구도 죽이지 않고 끝났다. 괴물을 제외하고.

"언제까지 싸우려나…….".

그 물음은 바람을 타고 사라져 갔다.

한 번 더 전이했다.

사실 제도 근처에서 그리운 마력의 파장을 감지했다. 용서해서는 안 되는 것을.

"제, 젠장! 빨리 움직여라! 이대로 가면 난 살해당하고 만다!"

굉장히 거만한 남자가 발길질하면서 무표정한 사람들을 조종하고 있었다.

"이봐."

"우와! 뭐, 뭐냐, 너—— 지드……?!"

남자는 날 보자 당황한 기색을 보였다.

방금까지 발길질하던 무표정한 사람을 방패로 삼았다.

"너, 이름은?"

"내 목숨을 노리고 온 건가?! 휘, 휘프 자식은 시간조차 벌지 못한 건가! 쓸모없는 쓰레기가!"

상대는 나에 대해 알고 있는 것 같지만 그 남자를 본 적은 없었다. 내 질문에는 답해주지 않을 모양이다.

그렇다고는 해도, 뭐, 적일 것이라는 예상은 됐다.

"너뿐인가?"

다른 질문을 해봤다.

그러자 남자는 무슨 착각을 했는지,

"머, 멍청하긴! 넙죽 적진에 오고 말이야! 네 목을 치면 흐름도 바뀔 거다!"

남자가 지시하자 사람들이 모여들었다.

어째 잡다한 짐을 든 녀석들부터 호위하기 위한 인재로 보이는 강자까지 있었다.

"내 목을 쳐?"

"하, 하하…… 무섭냐! 아까 내 이름을 물었지! 레 에곤이다! 널 죽이고 대륙에 새로운 질서를 만들 남자의 이름이다……!"

누가 무서워하고 있는 걸까.

남자는 착란을 일으키고 있는 것처럼 보였다.

"날 이길 생각인가?"

"당연하지! 이 녀석들에게 채우고 있는 건 '노예의 목걸이'다! 목숨을 돌보지 않고 일하는 광인들이다! 이 녀석은 좋은 곳의 기사였는데 눈앞에서 아내가 겁탈당해도 아무것도 못 했다고! 설령 사지가 비틀린다고 해도 네 눈알 정도라면 파내겠지! 크제라 왕도에서는 암살에 실패했지만 이만한 수가 있으니——!"

언제까지 싸울까. 얼마나 피를 흘리면 되는 걸까. 그런 생각을 하는 것만으로도 헛되다는 느낌이 들기 시작했다.

손가락을 맞대고 세게 문질렀다. 마력이 물결치고 그들의 목걸이에까지 닿았다.

"품질이 엉망이네. 크제라에서 돌던 것에 비하면 이정도야 순식간에 해제할 수 있어."

"어?"

노예가 되었던 자들의 목걸이가 풀렸다.

레 에곤.

분명 중요한 인물의 이름이었던 것 같다.

살려두는 편이 좋을지도 모른다고 생각했다.

하지만 그 이상으로 이 녀석의 이야기를 듣고 싶지 않았다.

그가 노예였던 자들에게 일방적으로 괴롭힘당하는 광경을 보면서 나는 차가워져 가는 마음으로 그렇게 느꼈다.

아스테라, 네 목적은 대체 뭐냐.

◇

아니나 다를까, 예상은 했지만, 결혼식은 엉망이 되었다.

그야 애초에 전쟁 중에 식을 올려야 하나 생각은 했지만……

그렇다고는 해도 맹세의 의식은 끝났으니 처음부터 다시 하진 않는다. 그 대신 대대적인 파티가 열려 다시 루이나와 결혼했다는 뉴스가 퍼졌다.

"고생했네."

리프가 길드 마스터실의 높이를 많이 조정한 의자에 앉으면서 말했다.

"리프나 루이나만큼은 아니야."

"캇카. 우리가 애먹고 있던 레 에곤을 잡은 거라네. 겸손 떨지 말게."

"놈이 이번 일의 주범이었어?"

"음. 그렇다고는 해도 결국엔 잔챙일세. '아스테라의 추종자' 중에서도 크게 눈에 띄지 않는 존재였으니 살려뒀는데 말이지~."

"살려둬도 괜찮아?"

문득 그런 의문이 떠올랐다.

죽였으면 이렇게 되지는 않았을지도 모른다. 그 불쾌한 말을 듣고 나면 아무래도 적의가 생기지 않을 수가 없다.

"크크. 그럼 스피는 어떻게 할까."

"그건……."

"이번에도 마찬가지인 걸세. 휘프도 불문에 부쳤네. 공개적인 활동은 하지 않았지만, 그래도 뒤에서 조종하고 있었던 건 확실하네."

"위그의 동생인가."

결국 왕위는 위그에게 돌아갈 것 같다.

"음. 결국 아스테라에게 영향을 받은 인물의 죄를 헤아리는 건 어렵네. 물론 죄를 묻지 않고 끝나면 좋겠지만, 상황에 따라서는 죗값을 치르게 할 필요도 있지. 그 속죄가 대륙을 위해 필요하다면 봉사활동을 시키고, 개인을 위해 필요하다면……."

리프는 일부러 단언하지 않았을 것이다.

그건 아마 날 위해서다.

날 인자한 어머니와 같은 눈으로 봤다.

"있잖아, 리프. 이 대(對) 아스테라 전쟁에 대해 어떻게 생각해?"

"생존경쟁이라 볼 수 있겠지. 인간이 살기 위해 필요한 싸움 말일세."

"그렇지. 나도 그렇게 생각해. 하지만 그 이상으로…… 뭐랄까. 왠지 제멋대로라는 생각이 들기 시작했어."

"카카카! 그렇지. 제멋대로이기도 하다네. 여신으로부터 해방되어 살고 싶다, 자유로워지고 싶다, 그런 바람도 있으니 말이야."

"그렇다면, 이렇게 누군가의 목숨을 위험하게 만드는 건…… 어떤가 하고 생각하게 되었어."

그건 또 하나의 나와 마주하고 얻은 생각일지도 모른다. 목숨을 빼앗는 행위가 아무렇지도 않게 되어 간다. 그런 마비된 감각을 부정하고 싶다. 하지만 난 전쟁이라는 행위 자체를 어떻게든 막고 싶다고 생각하고 있었다.

"그럼 가만히 아스테라를 따를 텐가?"

그런 질문을 들이미니 난 고개를 끄덕일 수 없었다.

"그럴 수는 없지. 그렇게 싸움을 부정하는 건 고집이야."

"음. 이제 이 전쟁은 자네나 아스테라가 죽을 때까지 끝날 일은 없겠지. 그래서 이 몸이 자네를 도와주고 있네."

"나와? 리프와 대적하는 게 아니라?"

"아닐세. 이 싸움의 중심은 어떻게 봐도 자네라네. 아스테라의 동향을 보아도 알 수 있지."

"그런가……?"

납득은 되지 않았다.

지금도 아스테라의 영향을 억누르고 있는 건 리프의 기술일 것이다.

길드와 각국과의 연계도 리프가 구축한 것이다.

"지드여, 이 몸은 천재라네."

"으, 응. 뭐, 그건 알고 있는데."

갑자기 그런 말을 들어 당황했다.

"그러나 아스테라 또한 천재이지."

"……?"

"아스테라는 신 따위가 아닐세. 아마 그냥 인간일 테지."

"어?!"

"이 몸의 기술이 통한다는 게 그 증거일세. 아스테라라고 해서 전지전능한 힘을 가지고 있는 건 아니라는 거지. 아마 우리가 지나갈 미래를 조금 앞서서 가고 있을 뿐일 걸세. 그렇기에 가질 수 없는 힘을 원하는 게야. 바로 자네 말이네."

휘프가 했던 말이 이해됐다.

아스테라가 날 원하는 이유.

"그래서 나한테 돌파구가 있다는 말인가?"

"음. 그러니 만약 고집을 부리고 싶다면 스스로 생명의 불꽃을 끄는 게 좋을 거라네."

그 말을 듣고 한순간 가슴이 덜컥했다.

그런 생각이 떠오른 적이 없었기 때문이다.

지금까지는 살기 바빠서 반대되는 생각에 다다른 적이 없었다.

그래서일까.

눈물이 조금 흘렀다.

"조금 안심했어. 도망칠 곳이 있다고 생각하니까."

그건 한심한 말이었다.

리프가 다가왔다.

그리고 내 키보다 조금 높은 곳까지 떠올랐다.

뭘 하는 걸까 생각하고 있으니.

내 얼굴을 가슴에 꼭 묻었다.

"지금까지 마음고생을 시켰구먼. 앞으로도 고생시킬 거라네. 그래도 갈 때는 같이 가주지. 그게 이 몸이 책임을 질 방법이니 말이네."

아아.

느껴본 적 없는 따뜻함이다.

어머니가 있다면 분명 이런 느낌일지도 모른다.

"리프도…… 힘들잖아……."

"이 몸은 어른이니까 괜찮네. 자네의 몇 배나 살았으니 말이야."

"그래도 힘들잖아……."

이번엔 내가 리프의 등에 손을 대고 힘을 줬다.

리프의 고동이 들릴 정도로.

"자네는 희망이었어. 아스테라와 싸우려면 어떻게 하면 좋을지 생각하고 또 생각했지. 그때 자네가 나타났네. 그것만으로도 이 몸은 구원받았다네. 인간은 제멋대로 살고 있지만, 서로 도우면서 살고 있지. 이 몸에게 넌 인간의 상징 같은 존재야."

"왠지 책임이 더 커진 것 같아."

"그렇지. 자네의 어깨에 실린 대륙 전체의 무게에 아주 조금."

리프의 온기를 느끼면서 아스테라와의 싸움이 가깝다는 예감이 들었다.

갑자기 누가 길드 마스터실의 문을 노크했다.

리프가 입실 허가를 내렸다.

잠깐만?

난 리프에게 안겨있는 그대로다.

들어온 사람의 형체는 둘.

그중 하나가 당황한 모습을 보였다.

"혀, 형님! 결혼하자마자 불륜을 저지르는 건 어떨까 싶습니다?!"

"위그…… 아니, 이건 그런 게 아니라……."

"뭐가 아닌가? 이 몸의 마음을 가지고 논 건가?"

"아니, 네가 그렇게 말하면 안 되지……?!"

리프까지 촌극에 끼었다.

이러면 진짜로 루이나한테 혼나잖아.

"어머, 괜찮지 않나요. 만약 새로운 자극이 필요하다면 부디 스틸비츠에 와주세요."

"휘, 휘프?!"

위그 옆에 있던 소녀가 대담한 말을 했다.

"캇캇카! 이거 들어서는 안 되는 말을 들어버렸군!"

"그렇지도 않을걸요? 이걸 기회로 길드의 본거지를 스틸비츠

161

로 옮기는 게 좋을지도 몰라요."

"무섭구면. 스틸비츠와 길드가 손을 잡자고 하는 건가."

"설마요. 저와 리프 님이 잡는 거죠."

"특별 사면을 받았음에도 불구하고 엄청난 제안을 내놓는구나. 무섭구면."

전날까지 서로 적이었는데 험악한 분위기는 전혀 없었다.

그녀들의 지시로 얼마나 많이 희생되었는지를 생각하면 그건…… 그걸 언급하는 건 너무 심하다는 생각이 들었다.

분명 그래서 그녀들은 마음속에 있는 칼을 보여주지 않는 것일지도 모른다.

"그래서 위그랑 휘프는 왜 여기 있는 거야?"

"호위를 의뢰하러 왔습니다. 제가 갑자기 국왕이 되면서 궁정과 외교가 혼란스럽거든요."

"아, 대관식 등의 순찰 같은 건가?"

"그것도 중요하지만, 다릅니다. 휘프가 당분간 외국에 머물게 되었어요. 본인의 희망으로 크제라에 머물기로 했습니다."

"스틸비츠의 근위기사를 쓸 수도 있지만, 그 정도로는 성이 차질 않거든요. 저는 더 믿을 수 있는 분이 필요해요."

휘프가 나에게 눈길을 보냈다.

이거…… 지명의뢰인가?

"그런데 공교롭게도 난 바빠. 루이나랑 결혼했으니 웨이라 제국으로 이사 가야 하거든."

"네? 벌써 옮긴다고요……?!"

"그래, 미안해."

"끄으응…… 예상이 빗나갔어요. 어쩔 수 없죠. 저도 웨이라 제국으로……."

"잠깐, 또 다른 나라에서 소동을 피우면 곤란한데."

"안심하세요. 오라버님의 보조도 제대로 할 테니까요!"

"씩씩해서 좋네……."

위그는 조금 지친 눈치였다.

뭐, 그래도.

이러니저러니 해도 위그와 휘프의 관계가 돌아온 것 같아 다행이다.

◇

그 후로 다시 며칠이 지났다.

"어라~? 식기를 어디에 넣었었지?"

실라가 사각형 매직 아이템을 들여다보면서 말했다.

이에 네림이 자신이 가지고 있는 이사용 수납 아이템을 확인하고,

"여기 있어. 가정용 집기류."

"오케이~! 이것도 넣어둬!"

우리는 웨이라 제국의 왕성으로 이사하기 위한 준비를 시작

했다.

나, 쿠에나, 실라, 네림 총 네 명이 신세를 질 것이라 상당히 바쁘다. 네림은 꽤나 망설였지만(날 보면서), 리프도 웨이라 제국과의 연계를 강화하기 위해 길드 본부 전이를 목표로 한다고 해서 마지못해 오는 것 같았다. 무리하지 않아도 되는데 말이지.

루이나가 이사 작업을 도와줄 사람을 보내겠다고 했으나, 쿠에나가 '내 물건을 모르는 사람이 만지는 건 싫다'라고 하며 거절했다. 왕성에서 사는데 결벽을 부리는 건 곤란하니, 여성 인력을 쓰는 걸로 타협하라고 했지만, 그것도 거절했다.

두 사람이 벌써 이러니, 앞으로를 생각하면 속이 쓰려온다. 이상하다. 내 몸은 튼튼할 텐데.

갑자기 쿠에나가 직사각형 매직 아이템을 꺼냈다.

"그러고 보니 이런 걸 받았었지……."

실라가 쿠에나에게 물었다.

"이게 뭐더라?"

"감정 계측기."

쿠에나는 매직 아이템을 들고 어떻게 할지 고민했다.

귀찮은 작업을 하고 있는데도 그녀들을 보고 있으면 꽤나 행복한 기분을 느낄 수 있다.

만났을 때나, 함께 먹은 밥이나, 봐온 경치와 모험을 떠올리면 가슴이 따뜻해진다.

그렇기에 생각했다.

"……모두 여기에 남아도 괜찮아."

갑자기 마음속 깊이 잠들어 있던 말이 입으로 나왔다.

슥 하고 분위기가 고요해졌다.

황급히 그녀들에게 변명했다.

"아, 지금 건 그게 아니라! 그 왜, 이번에 나온 괴물이라던가, 위험했으니까. 난 모두가 위험에 처하는 걸 바라지 않으니까. 아스테라와의 전쟁도 나만 치르는 게 좋다고 생각하고 있는데……."

말하면서 이건 역효과가 날 거라고 생각했다.

역시 예상대로 그녀들은 못마땅한 표정을 지었다.

하지만 화난 목소리는 들려오지 않았다. 그 대신 쿠에나가 조용히 입을 열었다.

"내 비밀을 가르쳐줄게."

"비밀?"

"너, 내가 일어나는 게 빨라졌다는 걸 알아채고 있었지. 난 말이야, 좋아해. 네가 잠든 얼굴을."

갑작스러운 고백에 당혹스러웠다.

어떤 반응을 하는 것보다 먼저 쿠에나가 계속해서 말했다.

"하지만 밤에는 불을 켜고 싶지 않고 졸리잖아. 그래서 아침에 너보다 살짝 일찍 일어나는 거야. 그런 일을 반복했더니 평소보다 일찍 일어나게 된 거야."

그렇게 말하는 쿠에나 옆에서 실라가 '나도 아침에는 몰래 꼬옥 안아서 에너지를 받고 있어!'라고 말했다.

쿠에나가 말했다.

"위험에 처하는 걸 바라지 않아? 그런 곳에 혼자 보낼 순 없어. 이번에도 우리가 그 괴물을 붙잡고 있었잖아. 우리는 너만큼 강하지는 않지만, 그 정도는 할 수 있어."

쿠에나의 말은 멈추지 않았다.

"나는 네가 없는 세상에서 살고 싶지 않아. 그 정도로 사랑해."

거기까지 말하자── 펑 하고 매직 아이템이 연기를 뿜었다.

"오오~! 좋아함이 최대치래! 쿠에나도 지드를 엄청 좋아하는구나! 알고 있었지만!"

실라의 말을 듣고…… 대충 그 감정 계측기인가 하는 게 뭔지 알 것 같았다.

뭘까. 부끄러움이 단숨에 치밀어올랐다.

"그, 미안. 아니, 정말…… 응, 앞으로도 같이 살아가자……."

"으, 응……."

"휘~ 휘~! 뜨겁네! 나도 끼워줘!"

"아, 이런. 기분 나빠."

우리의 이사 준비는 이틀 정도 걸렸다.

아, 그렇지. 작별 인사를 해야겠구나.

이쪽 길드 사람들이나 꼬치구이 아저씨라던가. 그리고 기사단 녀석들한테도.

검성 필의 고민

The Slave of the "Black Knights" is
Recruited by the "White Adventurer's Guild"
as a S Rank Adventurer

진·아스테라 교단의 대회관에는 큰 거울이 있다.

전이용 매직 아이템으로, 대륙의 각 교단 지부에 연결되어 있다.

제법 많은 인원을 한꺼번에 전이시킬 수 있지만, 여신 아스테라가 휘프 스틸비츠에게 제공한 전이 기술과 비교하면 귀여운 수준이었다.

그 거울 앞에 소리아와 필이 서 있었다.

소리아는 웨이라 제국에서 결혼식 사제를 맡는다.

항상 그녀 옆에서 지키는 필은 이번엔 남아있게 되었다.

"그럼 신성 공화국 방위는 부탁할게요."

"알겠습니다. 이쪽은 염려 마십시오."

"네, 필에게라면 맡길 수 있어요."

성녀의 미소를 보고 검성은 쩔쩔맸다.

그 미모와 순박함에만 반한 건 아니다. 하지만 그것만으로도 반해버릴 정도였다.

"소리아 님이야말로 무슨 일이 있으면 연락해주십시오. 바로 달려가겠습니다."

"이쪽엔 지드 씨가 있으니까 괜찮아요."

소리아가 조심스럽게 말하자 필이 뾰로통해졌다.

걱정하지 않도록 소리아가 배려해서 해준 말이라는 걸 알고 있지만, 필의 마음속은 평온하지 않았다.

"왠지 소리아 님을 빼앗긴 것 같아서 질투 납니다."

여자끼리는 거리감이 가깝다.

하지만 필이 소리아를 생각하는 마음은 그 이상이었다.

그런 마음을 둔감하게 받아들였는지 소리아는 볼을 빨갛게 물들이면서 생각났다는 듯이 말했다.

"그러고 보니, 지드 씨가 제게 평생을 맹세했어요."

소녀의 입에서 나온 고백에 필의 몸이 벼락에 맞은 것처럼 앞뒤로 흔들렸다.

"저, 정말입니까……?!"

언성을 높이려고 했지만, 말을 잇지 못했다.

명치에 힘이 들어가지 않았다.

"네, 멘탈 케어를 하고 있을 때의 일이에요…… '평생 서로 돕자'는 말을 들어서요. 평생이에요, 평생. 정말 부끄러워요. 마음이 약해져 있을 때 공략하면 좋다는 말을 들은 적이 있는데, 이것도 그런 걸까요. 그렇다면 비겁한 사람이죠. 하지만 좋아하는걸요. 어쩔 수 없는 거죠?"

소리아는 혼자서만 까르륵대며 기뻐했다.

필은 그 옆에서 어깨의 힘이 빠졌다.

"저기, 그것도 평생의 맹세라고 할 수 있는 건가요?"

"그렇고 말고요. 연인 관계를 건너뛰다니, 너무 급해요."

소리아가 손을 붕붕 흔들면서 감정의 고양을 표현했다.

그다지 보여주지 않는 다채로운 표정근의 움직임을 본 필은 왠지 동경하고 존경하는 소리아에 대한 연민을 느끼고 말았다.

하지만 거기서 지적해버리는 건 세련되지 못한 행동일지도 모른다.

필의 마음은 안정을 되찾고 무난한 말을 찾아 입을 열었다.

"그, 그렇군요…… 그건, 그거군요. 지드와 만나는 게 기대되는 거군요."

"네. 이번엔 다른 분과의 결혼식이지만요."

소리아의 얼굴에서 갑자기 표정이 사라졌다.

필은 오랫동안 함께 해왔기에 소리아의 눈 속에서 불타오르는 불꽃을 봤다.

"날뛰시면 안 됩니다……."

소리아는 공격 마법은 그렇게 강하지 않다.

하지만 그녀는 틀림없이 마법의 천재다.

공격이라는 이름이 붙지 않은 마법이라도 얼마든지 사람을 다루거나 해칠 수 있다.

필이 걱정하는 건 그런 것이었다.

"후후, 그런 짓은 절대로 하지 않아요. 오히려 필이 갔으면 제가 말리지 않았을까요?"

"저, 전 그런 짓은……."

"언제까지 자기 마음을 알아차리지 못한 척을 할 건가요. 전 그쪽의 진전도 기대하고 있어요."

소리아가 엄지를 세우면서 매력적으로 행동했다.

"느, 늦겠습니다! 저쪽에선 기사도 기다리고 있으니 빨리 가주십시오!"

필이 등을 밀어서 소리아는 큰 거울에 닿았다. 작은 파문이 회관이 아니라 전이할 곳의 방을 비추고 있었다.

"네~. 그럼 다녀올게요."

"다녀오십시오!"

필은 얼굴을 새빨갛게 물들이고 소리아를 배웅했다.

혼자 남겨져 왠지 가슴에 위화감을 느껴 살짝 주춤했다.

(정말이지, 무슨 소리인지…….)

마음속으로 혼잣말했다.

◇

신성 공화국에는 선감(選監)이라는 직책을 가진 사람이 있다. 십선감부터 시작해 백선감, 천선감으로 숫자가 커질수록 중요한 일을 맡게 되는데, 그들은 기본적으로 국민에 의해 선출된다.

그들은 다양한 부서를 맡으며 군사, 행정, 외교 등을 관장하고 있다. 신성 공화국을 대표하는 자는 만선감이며 그것이 최고 직책이다.

이번에 필은 소리아에게 신성 공화국을 부탁받았기 때문에 교단의 기사단을 이끌고 백선감과 만나고 있었다.

"오랜만이군요, 필 공."

그다지 눈에 띄는 얼굴은 아니다. 특징이 없다는 게 특징일 것이다. 그런 용모를 지니고 있다.

헤이그만. 그게 백선감의 이름이었다.

"갑작스럽게 방문하여 죄송합니다. 오랜만입니다. 잘 지내시고 있는 것 같아 다행입니다."

"네, 교단 분들의 협력 덕분에 그럭저럭 지내고 있습니다. 소리아 님은 웨이라 제국에 가셨다던데."

"혼례 건으로 사제를 맡았다고 합니다."

"그거 중요한 역할이군요."

"네. 신성 공화국에서도, 진·아스테라교에서도 지드에게 여러모로 도움을 받았으니까요."

필이 담담하게 사실을 말했다.

속으로는 지드를 치켜세울 생각 같은 건 없었다. 원래라면 자신이 해내야만 하는 역할이었다며 분하게 여기는 마음이 있었다.

무엇보다 말하려고 하면 본의 아니게 얼굴이 달아오를 것 같았다.

그래서 그저 사실만을 이야기했다. 이렇게 차분함을 유지해야 과대, 과소평가하는 일이 없다.

필은 이 남자가 무슨 말을 할지 대충 예상이 됐다.

"그런데 소리아 님은 루이나 님과 사이가 상당히 좋은 것 같군요."

이거 봐라.

필이 속으로 중얼거렸다.

헤이그만이 걱정하는 건 루이나와 소리아의 사이가 진전되는 것이다. 그 결과, 교단이 웨이라 제국에 경도되는 것이 두려운 것이다.

"적당한 정도죠. 사제를 맡은 것도 아스테라 님의 가르침을 충실하게 지키는 것일 뿐입니다. 개인에 대해 감정을 가지고 있는 일은…… 뭐, 없겠죠."

딱 한순간 지드의 얼굴을 떠올리고 잠깐 공백이 생겼지만 어떻게든 끝까지 말했다.

그리고 필은 소리아가 여신 아스테라를 적대한다는 것을 알고 있지만, 눈앞에 있는 백선감은 그 사실을 전혀 모른다.

그래서 필은 체면을 차리기 위해 그럴듯한 이유를 적당히 말했다.

"흠. 그렇다면 좋겠지만요. 부끄럽지만 전 주로 군사 관련 일을 해서 외교에 대해서는 잘 모릅니다."

"아뇨, 그렇지 않습니다. 이번 국민 선출 투표에서는 천선감으로 출마하신다고 들었는데."

"제 분수에는 맞지 않지만, 주위 사람들에게 떠밀려서 말이죠."

헤이그만은 겸손하게 행동했지만, 그가 맡은 마을은 신성 공화국의 요소이기도 했다.

그게 겸손이라는 것을 필은 알지만, 처음부터 깔볼 생각은 없었다.

군사 이외의 부문에서도 어떠한 권력을 쥐고 있을 것 같다는 게 필의 평가였다. 그게 좋은 일인지, 나쁜 일인지와는 별개로.

"헤이그만 님께라면 국민도 기꺼이 맡길 수 있겠죠."

"감사한 말씀을 해주시는군요. 하지만 아무래도 최근엔 수상한 움직임이 있는 것 같으니 말입니다. 국민도 불안해서 잠들지 못하는 나날이 이어지고 있습니다."

"……구 아아만 왕국이군요."

필이 말하자 헤이그만은 고개를 끄덕였다.

아아만 왕국은 신성 공화국이 합병한 나라다.

재정이 파탄 난 결과, 국민 측이 합병을 요망. 당시의 정치 체제를 폐지하고 귀족을 선감으로 임명하여 신성 공화국과 하나가 되었다.

그러나 시대가 흐르면서 선감의 출신이 구 아아만 왕국 출신에서 차츰 멀어지게 되었다.

이 이야기는 그 일에 불만을 품은 전 귀족이 사병과 무뢰한 등을 모아 뭔가를 획책하고 있다는 정보였다.

"저 같은 선감 지위에 있어도 귀족 정치를 할 때처럼 단물을 빨수 있는 건 아니지만요. 그들은 아직 꿈을 꾸고 있습니다."

"어차피 국민 투표로 선출하는 자리 아닙니까?"

"물론입니다. 귀족 정치에 대한 불신이 있었기에 그들을 지지하는 사람도 그리 많지 않지요. 그래서 다른 지역 출신자가 선감으로 뽑히기 시작했던 것이고요. 그렇기에 이전 귀족 세력이 아아만 왕국을 독립시키려고 하는 게 골치 아픈 겁니다."

"그 불씨가 남아있는 곳이 이 마을이군요. 이곳은 타국과의 교역로입니다. 신성 공화국의 경제적인 요충지라 할 수 있으니 반체제 측이 노리는 것도 이해가 됩니다."

그래서 필은 여기에 있는 것이고, 소리아에게 남으라는 부탁을 받은 것이다.

"웨이라 제국에선 복합군의 진격이 예상된다더군요. 복합군에 승산이 있을 것 같진 않지만, 전쟁이 시작되면 일반인들은 분명 혼란에 빠지겠지요. 그들은 반드시 그 혼란을 틈타려고 하겠죠."

"제가 온 건 그들을 봉쇄하기 위해서입니다. 이번에도 우리 교단의 기사단이 미력하나마 도와드리겠습니다."

"네, 정말 감사합니다. 신성 공화국의 전력만으로는 불안하다고 생각하고 있었습니다."

헤이그만은 미소를 잃지 않았다.

교단의 도움은 당연하다는 자세로 보일 정도였고, 실제로 그만큼 관련이 깊었다.

"그런 것 치고는 교단에 아무런 요청도 하지 않은 것 같군요. 저희가 온다고 하지 않았으면 어떻게 하실 생각이었습니까?"

이번에 필이 온 것은 습격당할 위험성을 예기했기 때문이다. 그래서 갑작스럽게 내방하게 되었다.

헤이그만은 그 질문에 자연스럽게 대답했다.

"그저 신중하게 일을 진행하려고 생각했을 뿐입니다. 상대의 정보가 파악되기 시작했으니까요."

"이쪽에서 선수 칠 순 없습니까?"

"전투는 일으키고 싶지 않습니다. 그들도 신성 공화국의 국민이니까요."

말 한번 잘하는군.

필은 마음속으로 욕했다.

(사실은 우리 교단이 개입하지 못하게 할 생각이겠지. 자기들끼리 해결해서 다음 국민 선출 투표에서 광고로 써먹을 생각인가.)

필은 그렇게 해석했다.

하지만 결코 그 점을 지적하진 않았다.

백선감을 부주의하게 적으로 돌리는 귀찮음도 이해하고 있다.

그들은 귀족제 국가로 치면 남작이나 자작 정도의 권한을 보유하고 있었다. 게다가 세습하지 않은 만큼 우수함도 보증되어 있다.

필은 조용히 눈을 감았다.

"알겠습니다. 하지만 상황에 따라서는 이쪽도 움직여야만 합니다. 교단에는 신자와 교회를 지키는 역할도 있습니다. 이해해 주십시오."

"이해하고말고요. 진·아스테라교 여러분을 방해하는 일은 없을 겁니다."

헤이그만이 동의하는 모습을 보고 필은 고개를 끄덕였다.

그리고 다소의 대화를 하고 필은 방에서 나왔다.

◇

필이 건물 안을 걷고 있는데 의외의 인물을 발견했다.

"아니, 왜 여기에?"

그건 녹색 머리카락을 가지고 있고 어린 모습이 전면적으로 드러나 있는 순진한 소녀였다.

소녀—— 스피는 인적이 없는 곳에서 긴 의자에 앉아있었다.

"어라, 필 님 아닌가요. 전 천선감의 의뢰로 여기에 와있어요."

"스피 님이 일부러 오실 줄이야."

"이번 의뢰를 한 천선감 여성분은 교단을 도와주고 계신 분이라서요. 다음 국민 선출 투표 때문에 현장을 벗어날 수 없어서 이렇게 제가 와있어요."

현재 스피는 조언자 같은 위치에 있다.

중개자 역할로서 중요한 일이긴 하지만, '아스테라의 추종자'와의 전쟁 이전의 지위에 비하면 격하되었다는 말을 들어도 어쩔 도리가 없다.

그래도 영향력은 있어서 진·아스테라교를 일으킨 설립자인 만큼 천선관 정도의 인물이 의지하는 일도 적지 않았다.

"그렇군요. 힘들겠군요."

"그렇게 말하는 필 님도 바쁜 것 같네요."

"네, 그 결혼식에서 이런저런 일이 있어서요. 저도 소리아 님을 따르고 싶었지만……."

필이 그렇게 말하자 스피가 시끄러워졌다.

"으음. 전 초대조차 받지 못했어요."

"아, 아뇨. 저도 잔류했으니 스피 님의 동료예요."

"초대받은 사람과 처음부터 초대받지 못한 사람의 차이는 커요!"

주먹을 휘두르면서 분노를 표현했다.

스피와 필은 나이는 나이 차이가 많이 나는 자매 정도로 떨어져 있다. 하지만 필은 카리스마에 더해 정치적인 재능도 있는 등 다재다능한 스피에게 경의를 표했다. 만약 비상시가 되면 소리아 다음으로 지시를 청할 정도로 믿고 있었다.

그런 필이라도 스피의 작은 동물 같은 움직임에는 '귀여워……' 라고 중얼거리는 걸 금할 수 없었다.

"스피 님이 바쁘실 거라 생각하고 배려해서 그랬겠죠. 실제로 이렇게 천선관의 의뢰가 들어왔잖아요."

필이 위로하기 위한 말을 했다.

그 마음을 받아 스피는 화를 풀었다.

"그래도 슬퍼요. 전 지드 님과 장래를 약속했는데……."

"야, 약속?!"

"네. 지드 님은 저와 백년해로 할 거라고……."

스피는 맥없이 슬퍼했다.

농담이 파고들 여지가 없는 모습에 필은 놀라움을 감출 수 없었다.

이번엔 위로할 여유조차 없는 채로 캐물었다.

"자, 잠깐만요. 그건 지드가 프러포즈했다는 뜻인가요?"

"아뇨, 제가 '쭉 버팀목이 되어주겠다'고 했더니 기쁜 듯이 웃어 줬어요."

"예······?"

필은 어안이 벙벙해졌다.

"평생을 맹세할 수 있을 줄은 몰랐어요. 그만 분위기를 타고 말해버렸는데, 결과만 좋으면 다 좋은 거죠."

스피는 볼을 누르면서 '꺅' 하고 부끄러워했다.

젊디젊은 소녀를 바라보면서 필의 표정은 놀란 표정에서 확 변해 차분해졌다.

(기시감이 드는 대화인데······.)

그건 데자뷔였다.

필의 뇌리에 핑크색 머리카락을 가진 아름다운 소녀가 떠올랐다.

"······스피 님, 실은 소리아 님이 지드에게 평생을 맹세하셨다고 합니다."

"이럴 수가······! 그게 정말인가요?!"

스피가 매우 놀라며 바짝 다가왔다.

스피는 작은 손으로 붙잡고 몸을 붕붕 흔들었지만, 필은 저항할 기력조차 솟는 일 없이 계속 말했다.

"첫 만남에 대해 듣고 싶은가요?"

"꼭이요!"

스피가 잡아먹을 듯이 대답했다.

필이 한 박자 쉬고 이야기했다.

"……소리아 님이 지드에게 '평생 서로 돕자'는 말을 들었기 때문이래요. 그게 프로포즈였다고."

"호오 호오, 그래서?"

스피가 다음 말을 재촉했다.

하지만 필은 그 이상으로 할 말은 없었다.

"이걸로 끝입니다."

"에, 네? 그뿐인가요?"

길게 이야기할 것을 각오하고 있었는지 스피는 석연찮은 눈치로 맥이 빠졌다.

필이 단적으로 고개를 끄덕였다.

"네, 그뿐입니다."

"응……? 그건 프로포즈일까요?"

스피가 고개를 갸웃했다.

필의 이야기에서는 남자가 여자에게 연심을 전한다고 하기에는 말에 날카로움이 느껴지지 않았다. 소리아가 필에게, 필이 스피에게 사람에서 사람으로 건너온 말이기에 변화해도 이상할 게 없지만, 스피를 납득시키진 못했다.

"스피 님, 이건 프로포즈와는 다르다고 생각합니다."

"네. 저도 그렇게 생각해요."

필의 단언에 스피는 동의했다.

와닿지 않는 건 둘 다 마찬가지인 듯했다.

객관적으로 봐도 똑같이 느끼고 있다. 그걸 확인하고 '다음 이야기로 넘어갈 수 있겠다'고 생각하며 필이 이어서 말했다.

"제가 보기에 스피 님도 비슷합니다. 지드는 그렇게까지 깊게 생각하지 않는다고 생각합니다."

"네……?"

"그러니 소리아 님과 마찬가지인 거죠."

"네……?"

"소리아 님과 마찬가지입니다……."

"네……?"

"스트레스 때문에 난청이 왔나요? 아니면 현실도피를 하는 건가요? 대응이 달라지니 알려주십시오."

"네……?"

"혹시 제가 이 순간을 루프하고 있을 가능성이 있습니까?"

스피는 모르겠다는 얼굴이었다.

이 이상은 아무래도 똑같은 반응을 보이진 않았지만, 나이에 맞지 않게 수라장을 빠져나온 스피치고는 이상할 정도로 동요하고 있었다.

그 대신 머리카락을 곤두세웠다.

"부, 분해요!"

"분해……?"

스피가 갑자기 감정을 폭발시켰다.

필은 '지드에게 화내고 있는 건가?' 라고 착각할 뻔했지만 스피의 모습을 보고 있으니 그건 아무래도 아닌 듯했다.

스피가 계속해서 말했다.

"그럼 더더욱 초대받지 못한 것에 대한 분노가 사그라지지 않아요! 전 여유가 있어서 일을 하는 건데! 이러면 그저 지드 씨를 빼앗기는 걸 손가락 빨면서 보고 있을 뿐이잖아요!"

스피가 화를 내며 머릿속에 있는 감정을 표출했다.

당장이라도 웨이라 제국을 향해 달려갈 것 같았다.

(엄청 귀엽네. 쓰다듬고 싶어.)

필은 그런 감상을 품으면서 왠지 모르게 가슴이 아픈 것을 느꼈다.

"저기, 그러니까, 그겁니다. 지드는 스피 님도 소중하게 생각하고 있다는 게 아닐까요?"

말하면서 기분이 이상했다.

위로하고 있는데 자신이 상처받고 있는 듯한 기분이었다.

그런 필의 모습을 보고 알아차렸는지 스피가 입을 열었다.

"혹시 필 님은——."

그것은 스피 자신의 이야기가 아니라 어디까지나 필에게 한 말인 것 같았는데.

하지만 그 말이 이어지는 일은 없었다.

"스피 님, 대강 끝났습니다."

다른 방에서 교단의 신자로 보이는 사람이 여러 명 나왔다.

게다가 그 안에는 교단 사람뿐만 아니라 십선감도 포함된 것 같았다.

"아, 그런가요. 죄송합니다만, 필 님…… 전 이만. 이어지는 이야기는 다른 곳에서 해요."

방에서 나온 자들이 안고 있는 넘칠 듯한 자료를 보고 필은 스피가 한창 뭔가 중요한 일을 하는 도중이라는 것을 이해했다. 사실은 일을 쉴 여유 따위는 없는 것이다.

더 이상 시간을 쓰게 할 수는 없다며 수긍했다.

"네, 고생하십시오."

스피가 무슨 말을 하려고 한 건지 묘하게 걸렸다.

하지만 일을 방해할 정도는 아니라 생각하며 필은 자기보다 훨씬 어린 소녀를 배웅했다.

◇

도시의 발전 정도는 외벽의 크기와 비례한다고 한다.

필이 경계에 임하고 있는 마을은 중규모다.

올려다보면 꼭대기는 왠지 모르게 상상이 간다.

그렇게 두껍지도 않으며 중형 전투용 매직 아이템을 거치할 수 있는 정도다.

필은 그 외벽 위에서 부드러운 바람에 갈색 포니테일을 휘날리고 있었다.

"복합군이 웨이라 제국을 기습하기 시작했다고 합니다."

한 위병이 필에게 말을 걸었다.

"그런가. 그럼 이쪽도 움직일지도 모르겠군. 경계해라."

"알겠습니다. 그런데 괜찮습니까. 기사단을 멋대로 움직여도."

필이 움직이고 있는 기사단은 한 마을을 지키기에는 명백하게 과했다.

이래서는 교단이 이 마을에서 경계하고 있다는 걸 적에게 들키고 만다.

"교단은 신성 공화국과는 독립된 조직이며 부대다. 정보원은 어디든 활용할 수 있고 신성 공화국으로부터 명령을 받을 이유는 없다."

그 반대도 마찬가지지, 라며 필은 생각했다.

"하지만 우호 관계는 유지해둬야만 합니다."

"알고 있다. 그래서 시민 대피까지는 하지 않았다."

필로서는 최대한 희생을 내고 싶지 않았다.

그러기 위해서는 시민을 표적이 될 이곳에서 대피시키기만 하면 된다.

하지만 그렇게까지 하는 건 애매하지 않은 명백한 월권행위다.

"그래도 대중 사이에서 묘한 소문이 유포되어 마을에서 도망치는 자가 많이 있다는데……."

"글쎄. 내가 전혀 모르는 일이군."

"만약 들키면 크게 혼날 겁니다. 안 그래도 지금 이 마을에는 스피 님도 계신데……."

"그 스피 님께도 만일의 사태가 벌어지지 않도록 하기 위함이다."

그제야 위병이 필의 의도를 파악했다.

"그럼 이렇게나 대대적으로 기사단을 움직인 건 상대방을 견제해서 공격하지 못하게 할 생각으로……?"

"그렇다. 이번 웨이라 제국에서의 혼란이 진정되면 놈들도 조용해질 수밖에 없을 거다."

옛 아아만 왕국의 귀족들은 어디까지나 혼란을 틈타 복권을 주창할 생각일 것이다. 그들에겐 별다른 무력은 없으며, 그렇기에 지금을 넘기면 천천히 대화로 해결할 수 있다고 필은 생각했다.

"하지만 복합군의 움직임에 따라서도 달라지지 않을까요. 오래 이어지면 다른 마을이 표적이 될지도 모릅니다."

"이런 말을 하면 어폐가 있지만, 우리는 웨이라 제국의 힘을 잘 알고 있다."

"……그렇죠."

(게다가 그 남자도 있고…….)

필이 검은 머리카락을 가진 남자를 떠올렸다.

지드. 이름조차 말하지 않은 건 왜인지 싫었기 때문이다.

『──우린 아아만 왕국의 주권 부활을 절실히 바라는 자의 모임이다!』

갑자기 그런 목소리가 마을 전체에 울려 퍼졌다.

그 목소리는 마을에 있는 광고나 임시 뉴스 등의 정보 발신원으로 갖춰져 있는 소리와 영상을 전달하는 매직 아이템에서 나온 것이었다.

"어떻게 된 거지?"

"이런 계책이 있다는 말은 들은 적이 없습니다만……."

"명백하게 탈취당한 거다. 상대에겐 방송과 마력의 파장을 맞출 수 있는 마법사가 있을 것이다. 준비해둔 마법을 방해하는 매직 아이템을 발동해라."

필의 지시와 동시에 마을 바깥 경계에서 무장한 사람이 나타났다.

"적입니다……!"

"저 녀석들 어떻게……. 기사단이 전개해 있는 걸 모르는가?"

필은 의문을 표했다.

하지만 망설이는 건 거기까지. 이후 적이 출현했을 때를 위해 준비된 대응책을 머리에 떠올렸다.

방송 탈취범의 시끄러운 목소리가 귀에 들리지 않게 된 것을 확인하고 기사단에게 명령을 내렸다.

전투가 시작됐다.

무장한 사람들은 움직임이 일반인의 움직임이 아니었다.

통솔이 잘 되었고 숙련도도 높았다. 한 사람 한 사람의 움직임에서 익숙함도 느껴졌다.

필은 외벽 위에 서서 지휘를 하면서,

(이거 보수가 높은 용병도 고용했군.)

그런 감상을 품었다.

하지만 그들의 상대는 신성 공화국의 정예부대다.

필 바로 아래에 있는 기사단인 만큼 우수한 기사가 국지적으로 지휘를 하면서 전투를 치렀다.

평소 소리아와 함께 행동했기 때문에 전투 경험도 풍부했다.

결과적으로 한 번도 열세에 몰리지 않았고, 밀어붙여서 적이 퇴각했다.

(어떻게 된 거지. 너무 쉽게 이겼는데……?)

별다른 저항이 없었다.

마치 처음부터 승리를 노리지 않은 것처럼 느껴지기까지 했다.

갑자기 필의 귀에 시끄러운 목소리가 들렸다.

『우린 아아만 왕국의 주권 부활을 주창하는 조직이다! 신성 공화국이 부당하게 지배하고 있는 이 마을은 우리가 제압했다!』

그 목소리에 마을 바깥으로 향해 있던 필의 눈이 안쪽으로 향했다.

매직 아이템이 비추는 화면에는 남자의 얼굴이 비치고 있었다.

거기엔 마을 사람들이 한곳에 포박당해 있는 모습이 보였다.

"마법은 방해하고 있을 텐데……? 이 영상은 대체 뭐지?"

남자의 주장이 거짓말이 아니라는 것을 깨닫고 필이 이를 꽉 깨물었다.

(수상한 놈들이 마을의 검문을 통과하는 일은 있을 수 없어.)

적당히 푸념하고 필이 움직이기 시작했다.

전장에 서는 일은 없었지만, 그건 결코 약한 것이 아니다.

오히려 신성 공화국의 최고 전력이기에 싸워야 할 곳을 똑똑히 보고 있었다.

◇

——난 착임한 선감이 업무를 하는 사무소의 한구석에 틀어박혀 있었다.

바깥은 소란스러웠고 상황을 헤아리는 건 어렵지 않았다.

"스피 님, 어떻게 하시겠습니까?"

한 교단 신자가 내 의견을 물었다.

십선관은 겁먹은 얼굴을 하고 있지만, 교단 신자는 태연해서 예측할 수 없는 사태에 익숙하다는 걸 잘 알 수 있었다.

"도, 도망치는 편이 좋지 않습니까. 아직 교단의 전이용 매직 아이템도 기능하고 있을 겁니다. 만약 누군가가 출구를 닫고 있더라도 스피 님의 권한이 있으면 쓸 수 있을 겁니다."

한 십선관이 제안했다.

소심한 의견이라고 비난당할 것 같지만, 발언 내용은 동의할 수 있는 점이 있었다.

나와 선감이 잡혀서 인질이 되면 밖에서 날뛰는 사람들을 더욱 유리하게 만들게 된다.

그렇다고 해도.

"여차하면 탈출합니다. 하지만 그 전에 할 수 있는 건 해야지요."

"인질로 잡혀있는 다른 사람들을 풀어주시겠단 말씀입니까?"

"필요하다면 그렇게 해야지요. 하지만 그다지 그들을 화나게 하고 싶진 않습니다. 숨어서 정보 수집을 하는 게 제일이에요."

그렇게 큰소리치면서 조금 기대하고 있었다.

날 결혼식에 부르지 않은 지드 님이!

루이나 님에게 방해를 받아 날 결혼식에 부르지 못한 지드 님이!

이곳의 이변을 듣고!

날 구해주는 것을!

갑자기 문이 열렸다.

"──이봐, 여기에 몇 명, 숨어있다!"

아마 마을을 점거하려는 사람일 것이다.

남자가 언성을 높이며 이쪽에 검을 겨눴다.

한 신자가 경계했다.

하지만 그보다 먼저 남자가 쓰러졌다.

난 검은 머리 남자를 떠올리면서──.

"괜찮습니까."

갈색 포니테일이 힘차게 좌우로 흔들리고 있었다.

"왜 지드 씨가 아니죠?!"

"무, 무슨 뜻인가요?!"

"전 도움을 받는다면 지드 씨가 좋아요!"

"그런 말씀을 할 상황입니까?!"

필 님이 진지하게 딴지를 걸었다.

그야 그렇지만, 당신이 맞지만, 저도 나이에 맞게 꿈을 꿀 수 있잖아요!

그런 조용한 불만을 느끼고 있었다.

◇

필은 스피가 무사한 것을 확인하고 가슴을 쓸어내렸다.

이 사람이 인질로 잡히는 사태가 벌어지면 소리아를 볼 낯이 없다.

"왜 지드 씨가 아니죠?!"

"무, 무슨 뜻인가요?!"

"전 도움을 받는다면 지드 씨가 좋아요!"

"그런 말씀을 할 상황입니까?!"

아이다운 사소한 고집이었지만 또 필의 가슴에 따끔하게 박히는 게 있었다.

문득 필이 마음속에 밀어 넣어뒀던 생각이 입으로 나왔다.

"나도 지드가 보고 싶은데……."

"필 님……?"

필의 목소리는 가냘파서 스피는 듣지 못했다.

하지만 스피가 되물어도 필은 고개를 돌리며 입을 다물었다.

"아무것도 아닙니다."

필은 부끄러운 듯이 쑥스러워했다.

그동안에도 바깥이 소란스러워졌다.

사람이 모이기 시작한 듯했다.

"정말 장난치고 있을 상황이 아니네요. 필 님, 저희는 다소의 병력은 있는데, 외벽에서 몰려오는 병력은 어느 정도인가요?"

"외벽에서의 전투는 종료됐습니다. 저희의 승리입니다."

필이 단적으로 답했다.

그러자 스피는 어리둥절해했다.

"네? 그럼 마을 안에 있는 저들은……?"

"어디에서 들어왔는가. 어딘가에 샛길이 있었을지도 모르죠."

"전 외벽이 뚫린 줄……. 그랬나요."

"저희가 질 정도의 격전이 벌어질 것으로 예상됐다면 신성 공화국 측도 스피 님을 여기로 보내진 않겠죠."

"그렇다면 역시……."

스피가 나지막이 중얼거렸다.

그게 혼잣말이라 판단하고 필이 말했다.

"이외에 점거당한 곳은 진압했습니다. 남은 건 이 주변뿐입니다."

"역시 검성으로 유명한 필 님이에요!"

"그럼 잠시 기다려주십시오."

◇

필은 적을 쓰러뜨리면서 여러 가지 생각하는 바가 있었다.

지드, 지드, 지드…….

왜 경애하는 그녀는 그의 이름을 입에 담는 걸까.

왜 나보다 어린데 활약하는 그녀는 그의 이름을 중얼거리는 걸까.

그녀들은 좋아한다.

하지만 떨떠름하다.

그녀들이 그의 이름을 중얼거리는 것만으로도 가슴이 찢어질 것만 같은 기분이 든다는 걸 깨달았다.

"그, 그만해! 더 이상 다가오기만 해봐라!"

아아만 왕국을 부활시키고 싶어 하는 패거리의 일원으로 보이는 남자가 검을 인질에게 겨누면서 필을 제지했다.

(역시 눈치를 채는가.)

필은 신속하게 움직여 적끼리 명령이나 판단을 연락으로 전하는 것보다 먼저 쓰러뜨렸다.

그것도 상대 중에 실력자가 있으면 한계가 있다.

"그만해라. 이제 너희는 끝이다. 더 이상 죄를 저지르지 않는 편이 신상에 좋을 거다."

"시, 시끄러워! 나한테 손대기만 해봐라! 여긴 방송을 타고 있다, 인질이 죽으면 너희는 쓰레기가 된다!"

필의 높은 섬멸력에 모든 계산이 어긋나 남자는 혼란에 빠진 것 같았다.

남자가 들이댄 칼날 때문에 인질의 목에서 피가 흘렀다.

이미 거의 제정신을 잃었다.

"진정해라, 앞으로 어떻게 할 생각이지? 여기서 도망칠 셈인가?"

"아직이다! 행동을 시작하진 않았지만, 이 마을에는 내 동료가 많이 숨어있다! 우리 요구를 들어주지 않으면 이 마을 전체가 인질이 된다!"

"……."

필이 한숨을 쉬었다.

대체 어디서 그만한 인원이 들어온 건가. 반쯤 질렸다는 마음도 있었다.

필이 정지한 것을 보고 남자는 입꼬리를 올렸다.

"그래, 쓸데없는 저항 따위는 하지 마라. 너흰 이미 졌다고."

"아, 그런가."

"그래! 잘도 내 동료를 괴롭혔겠다…… 그래, 너, 옷을 벗어보실까."

남자는 방송하면서 그런 요구를 했다.

필의 이마에 핏대가 섰다.

(이 자식, 날 능욕할 생각인가.)

남자가 입맛을 다시며 필을 보고 있었다.

한없이 썩어빠진 인간성을 느끼고 필의 분노는 한계에 달했다.

"어, 어이, 듣고 있는 거냐!"

"……시끄러워."

"뭐?"

필의 목소리가 작아서 남자는 자기도 모르게 반문했다.

하지만 그녀는 말을 잇지 않았고, 어째 부들부들 떨고 있었다.

남자는 필이 궁지에 몰려서 여자로서 굴욕을 느끼고 있는 것이라고 해석했다.

"어이, 됐으니까 빨리 벗어라. 다들 기다리고——."

"웃기지 마라!! 왜 지드는 그런 식으로 나에게 욕정을 품지 않는 거냐!! 왜 날 봐주지 않는 거냐!!!"

필 속에서 뭔가가 터졌다.

"어, 어어……?"

"잘 들어라! 이 마을에서 날뛰기만 해봐라! 이젠 아무래도 상관없어! 내가 날뛴 놈의 목을 모조리 날려주겠다!!!"

필의 서슬 퍼런 모습에 남자가 겁먹었다.

그래도 의지를 관철하려고 한 건 조건반사 같은 것이었을 것이다.

"그, 그래도 되는 거냐! 네 명성은 땅에 떨어질 거라고!"

"얕보지 마라, 범죄자! 적에게 굴복하는 것보다 낫다! 길동무로 만들어줄 테니 각오해라!"

필이 남자에게 검을 들이댔다.

그 목소리와 동시에 건물에 인질로 잡혀있는 사람들로부터 목

소리가 터져 나왔다.

"그렇다! 우린 범죄자에게 굴하지 않는다!"

"죽일 거면 죽여라!"

그들의 목소리에 동조하듯이 밖에서도 환성이 퍼졌다.

그건 필의 말에 동조한 사람들의 목소리였다.

"우린 적에게 굴하지 않는다!"

신성 공화국의 국민은 여러 번의 전쟁과 슬픔을 극복해왔다.

그 결과가 이렇게 나타나고 있다.

그렇다고는 해도, 그 말을 한 필 본인은 그렇게까지 의식하지 않았는지 약간 놀라고 있었다.

하지만 남자가 아연실색한 모습에서 빈틈을 보고 바로 행동으로 옮겼다.

남자의 팔을 몸통에서 베어내고 인질로부터 밀어냈다.

"내, 내 팔이! 어, 어째서?!"

남자가 팔을 향해 기어가면서 외쳤다.

"시끄럽다. 바로 치유사를 부를 테니 지껄이지 마라. 이외에도 동료가 있나?"

필은 주위도 제압했다.

순식간에 일어난 일이었다.

"치, 치료해줘! 내 팔을 치료해줘!"

"동료는?"

필이 남자의 코끝에 검을 겨눴다.

너무나 큰 공포 때문에 남자는 거품을 물면서 쓰러지고 말았다.

"……하아."

필이 머리를 긁적이면서 한숨을 쉬었다.

◇

웨이라 제국을 덮친 복합군이 일으킨 일련의 소동으로부터 하룻밤이 지났다.

루이나가 새로 파티를 개최했다.

괴물이 나타나 결혼식이 난장판이 된 것에 대한 사죄라고 한다.

그런 일이 있었는데 참가자는 결혼식과 똑같은 정도…… 혹은 그 이상이었다. 오히려 어떤 천재지변이 일어나도 제국과 좋은 관계를 유지하기 위해 참가해주는 사람을 가리고 있는 걸까. 그렇게 잘은 모르지만 깊이 생각해봤다.

"지드 씨, 이번 활약은 훌륭했습니다!"

황금색 눈동자가 날 한결같이 바라봤다.

소리아 에이덴이다.

아름다운 웃는 얼굴에 감화되어 나까지 표정이 풀려버렸다.

"그래, 또 하나의 나하고도 무사히 화해했으니까. 그 녀석의 힘이 있어서 괴물을 쓰러뜨릴 수 있었어."

"그거 잘됐네요! 제가 아무것도 하지 않아도 지드 씨는 혼자서 해결하고, 역시 대단해요!"

겸허하게 날 치켜세웠다.

고개를 저어 그녀의 말을 부드럽게 부정했다.

"아니야, 소리아가 없었으면 이렇게 순조롭게 안 풀렸을 거야."

"그, 그렇지는……!"

"분명 그 녀석도 내가 어떻게 하려는 마음을 알아줬을 거야. 그건 분명 소리아가 정신 마법으로 진찰해줘서 통한 거야."

"지드 씨……! 그, 저기, 저 같은 게 도움이 됐다면…… 그…… 에헤헤, 해야 할 일을 해냈어요……!"

진심으로 기뻐했다.

해야 할 일……?

과장된 단어에 약간 위화감을 느꼈다.

하지만 그것에 대해 추궁하는 것보다 먼저 옆에서 사람의 기척이 늘었다.

"여어, 소리아. 남자 친구랑 이야기하는 중인가?"

백발에 몸집이 작은 노파였다.

목이 쉬었지만 무심코 자세를 바로잡게 되는 분위기를 자아내고 있었다.

호위가 두 명 있었고 멀리서 에워싸고 있는 사람들도 노파를 신경 쓰고 있는 것 같았다. 지위가 상당히 높은 사람일 것이다.

"나, 남자 친구라뇨……!"

소리아가 노파의 말을 듣고 안절부절못하며 당황했다.

그런 그녀의 모습에 손녀를 바라보는 듯한 온화한 웃음을 띠면서 노파가 날 봤다.

"처음 뵙겠습니다, 제왕 지드 공. 전 신성 공화국에서 만선감으로 있는 사람입니다."

"안녕하세요, 소리아에겐 신세 지고 있어……요."

"시, 시, 신세……! 전 아직 그렇게까지는……!"

그렇게까지는?

전부터 느꼈지만 소리아와는 뭔가 말을 하는 감각이 좀 다를지도 모르겠다.

소리아 정도로 똑똑하면 나 같은 수준으로는 따라갈 수 없는 생각을 하고 있을 테니까.

그런 우리의 사이를 보면서 노파가 말했다.

"홋호, 신랑과 너무 사이좋게 지내면 귀신이 찾아올지도 몰라요."

"누가 귀신이냐, 누가."

익숙한 목소리였다.

루이나가 내 뒤에서 이야기에 끼어들었다.

그 목소리에는 귀신으로 비유된 분노보다 그리움을 느끼고 있는 듯한 기색이 있었다.

루이나도 친근함을 느끼고 있는 노파일 것이다.

"이런 노인에게 말이 너무 심하구만. 아내가 이렇게 무자비하면 잡혀 사느라 힘들겠지, 지드 공."

"그래, 큰일이야……에요."

노파의 의견을 전면적으로 긍정했다.

루이나와는 농담을 받아주는 관계가 되었기 때문에 가능한 일일 것이다.

그리고 큰일인 건 사실이다.

갑자기 결혼 이야기가 나왔으니까.

"핫하, 새로운 제왕은 솔직하구만. 이런 노인조차 무서워서 눈물이 나올 것 같으니, 더 상냥한 귀신이 되어야겠구나."

"그렇게 약하면 다음 국민 선출 투표에서 패배하고 은퇴하는 게 좋을 거다."

"그렇게는 안 되지. 아직 현역으로 있고 싶으니 말이야. 그래도 소리아라면 맡길 수 있는데?"

"봐, 봐주세요. 전 아무래도 할 수 없어요."

소리아가 고개를 저었다.

노파가 있는 지위는 만만치 않다는 뜻일 것이다.

"요즘 신성 공화국에는 교단을 호의적으로 여기지 않는 세력이 있지? 그래, 요전에 쿠데타군에 공격을 받은 마을의 선감도 그중한 명이라는 정보를 파악하고 있다고."

갑자기 뒤숭숭한 이야기가 튀어나왔다.

"쿠데타? 괜찮았어?"

나도 모르게 물어봤다.

신도를 잃은 지 얼마 안 됐다.

세상에 싸움이 없는 때가 이어지지만은 않는다는 걸 알고 있지만, 신성 공화국은 얼마간 평화로웠으면 한다.

소리아가 마치 내 바람에 대답하듯이 끄덕였다.

"네, 다행히 필이 있었으니까요."

필인가.

그러고 보니 결혼식에선 못 봤는데, 신성 공화국에 남아서 지키고 있었나.

그 녀석이라면 지는 모습도 상상이 안 되네.

"또 교단의 도움을 받았구먼."

"아니에요. 저희도 도움만 받고 있으니까요."

"그렇지. 신성 공화국과 교단은 떼려야 뗄 수 없는 역사가 있지. 선대의 만선감은 좋지 않은 조직과 관계가 있었던 것 같지만."

아마 '아스테라의 추종자'일 것이다.

문득 루이나가 내 어깨에 팔을 둘렀다.

보니까 소리아의 어깨에도 팔을 두르고 있는 것 같았다.

마치 우리를 잇는 듯한 몸짓이었다.

"과연 정말로 교단과 신성 공화국의 관계가 오래갈까? 지드가 여기로 온 이상 소리아가 우리에게 올 것이라 생각하지 않나."

루이나의 손에 나와 소리아의 거리가 가까워졌다.

분홍색 머리카락보다 더 진하게 물든 불과 딱 달라붙을 것 같았다.

소리아가 '호에?!'라며 묘한 소리를 내며 눈을 휘둥그레 떴다.

"이런이런, 그런 건가?"

노파가 슬픈 표정을 지었다.

그러자 소리아가 꾹 참는 듯한 얼굴을 하고,

"둘 다 절 너무 곤란하게 만들지 마세요!"

라고 말했다.

보니까 노파도 루이나도 짓궂게 웃고 있었다.

◇

마을 점거 사건 다음 날.

이번 사건을 주도한 전 귀족들은 그날 안에 진·아스테라 교단의 기사단의 손에 남김없이 잡혔다.

안정을 되찾은 마을의 일각에서 필은 문을 두드렸다.

안으로 들어가자 헤이그만과 스피가 의자에 앉아있었다.

"수고하십니다."

"필 님, 어제는 고생 많으셨습니다."

"감사합니다. 사건 보고를 하려고 했는데, 아직 용건이 있으면 전 밖에서 대기하고 있겠습니다."

필이 그렇게 말했고, 스피는 그걸 제지했다.

"아뇨, 괜찮아요. 마침 용무가 있던 참이니 거기서 기다려주세요."

"음, 네……?"

그런 말을 듣고 필은 문 가까이에서 대기했다.

스피가 입을 열었다.

"저, 이번 사건에서 좀 신경 쓰였던 게 있어요."

"뭐죠?"

스피의 말에 헤이그만이 반문했다.

"마을에 침입한 분들은 어떻게 들어왔을까요."

"아마 감시의 눈이 닿지 않는 비밀 통로 같은 게 있었겠죠."

"어디에?"

"그건 저도 모르겠습니다. 마침 필 공이 사건을 조사했을 테니 들어보죠. 침입 루트에 대해 뭔가 알아냈습니까?"

"네, 현장 흔적과 목격 증언이 있었습니다."

필이 보고서를 건넸다.

필의 보고에 스피가 전혀 놀랍지 않다는 투로 놀란 척을 했다.

"정말로 비밀 통로가 있네요. 대체 어떻게 찾아낸 걸까요?"

"스피 공, 뭔가 알고 계십니까?"

헤이그만이 물었다. 스피가 뭔가를 재촉하고 있다는 걸 헤아렸기 때문이다.

"그저 추측이에요. 전 마을 내부에 협력자가 있었던 게 아닐까 하고 생각하고 있어요."

"그렇다면 여러 점이 납득이 되는군요."

스피의 말에 필이 납득하는 모습을 보였다.

실제로 필도 당사자로서 이번 사건에서 위화감을 느끼고 있었다.

"구 아아만 왕국은 국왕 아래에 있는 귀족들이 국민의 의견을 듣고 정책을 실현해 나가는 입헌군주제입니다. 애초에 신성 공화국에 병합되길 원한 건 국민 측이고 반발하고 있는 건 귀족과 관련된 자들뿐이었습니다. 하지만 인질이라는 비열한 수단으로 주권을 탈환한다고 해도, 구 아아만 왕국의 국민은 어떻게 생각할까요. 분명 '잘못됐다'고 반감을 품을 겁니다. 그러니 그런 방식으로 독립하는 건 사실상 불가능하죠."

"그럼 스피 공은 그들에게 진짜 목적이 있다고 생각하는 겁니까?"

"네. 그런데 헤이그만 님은 이번 사건에서 필 님에게 최대한 움직이지 말라고 지시했죠?"

"그랬지요."

딱히 부정하지 않고 헤이그만이 말을 재촉했다.

"즉, 당신은 필 님이 없어도 자신을 보호할 수단이 달리 있었다는 뜻이지요. 실제로 신성 공화국에서 기사단 한 부대를 소집했죠."

"물론입니다. 그들의 동향은 사전에 알고 있었으니까요. 준비를 게을리할 수는 없죠."

"하지만 헤이그만 님이 소집한 기사단은 움직이지 않았습니다. 전날에는 어디에 있었는지조차 몰랐습니다."

이때서야 필은 스피가 이 사태에 대해 상당히 자세히 조사했다는 걸 알았다. 그녀는 자료를 토대로 헤이그만을 추궁하고 있었다.

헤이그만의 태도는 몹시 수동적이었다.

"기사단은 대기시켰습니다."

"외벽에서 적이 다가오고 있는데도요? 필 님의 교단 기사단이 전투를 치르는 그 순간에도?"

여러 가지로 모순이 많은 움직임이었다.

스피는 뭔가를 종용하는 듯한 방식으로 추궁했다.

이쯤 되니 필은 어렴풋이 깨달았다.

(스피 님은 헤이그만 님에게 자백을 시키고 싶은 건가?)

스피에게 몰려 헤이그만의 안색이 창백해지고 땀까지 흘리게 되었다.

"그건…… 마을의 안전을 지키기 위해서입니다. 실제로 점거당할 뻔했으니까요."

"결과적으로는 그 선택이 좋게 작용했을지도 모르지요. 하지만 절대 치안 유지를 위해 움직였던 건 아닙니다. 침입자들을 제압한 것도 사실상 필 님이었잖아요?"

즉 바깥 경계에서의 전투도, 마을 안에서의 전투도, 전부 교단이 멋대로 움직이고 멋대로 해결한 것이 된다.

그렇다면 헤이그만이 소집한 부대는 무얼 했는가. 전과에 관한 보고가 어디에도 없는 것을 보면 움직이지 않은 것을 알 수 있다.

그것에 관해서는 헤이그만도 부정은 할 수 없는지 쥐어짜듯이 목소리를 냈다.

"제 지시가 닿지 않는 곳이었습니다. 적에 의해 연락 수단이 끊어져서요."

"그럼 대기시킨 의미가 없죠."

"……아까부터 절 몰아세우는 듯한 말을 하는군요. 대체 무슨 말을 하고 싶은 겁니까?"

헤이그만의 말투에 분노가 담겼다.

명백하게 스피를 적시하고 있었다.

"헤이그만 님, 제가 생각하는 이번 사건의 주범은 아아만 왕국의 복권을 바라는 전 귀족입니다. 결국 모두 체포되었지요. 하지만, 그들이 마을 안으로 들어올 수 있었던 건 그들의 능력이 아닙니다. 마을 안으로 들여보내준 사람이 있기 때문이지요."

"그게 저란 말입니까?"

헤이그만이 참지 못하고 말했다.

스피도 숨길 생각이 없었다.

하지만 긍정도 부정도 하지 않고 그저 말을 쏟아낼 뿐이었다.

스피의 자세는 신중하다. 방관하고 있는 필은 그렇게 봤다. 하지만 헤이그만에겐 필과 같은 시점을 가질 수 있는 여유가 없는 것 같았다.

"저는 그들이 독립운동을 구 아아만 왕국의 영토에서 하지 않는 게 줄곧 이상했어요. 방송 내용도 구 왕국민을 향한 호소가 아니라 협박이었죠. 즉 그들의 목적은 독립이 아닐 수도 있다는 겁니다."

"그 점은 저도 이상하게 생각했었습니다만……."

헤이그만은 마음이 꺾이려 했다.

아직도 도망치기 위한 말을 하고 있다. 하지만 말에 힘이 없다.

"저는 그들이 복권파의 이름을 댄 것조차 기만이었을지도 모른다고 생각하고 있어요. 모두 당신이 꾸민 자작극이라고 가정하면 말이 돼요. 스스로 공격하고 스스로 구해낸다. 마을을 구한 영웅이 된다면 다음 천선감 투표에서 유리해질 테니까요."

"말조심하세요! 어찌 그런 모독을……!"

"그런데 계획을 실행하던 도중에 필 님이 교단의 기사단을 움직이면서 일이 꼬였어요. 그들은 당신의 지시를 받지 않는 독립된 부대이니 제지할 수도 없었지요. 그래서 당신은 작전을 바꿀 수밖에 없었습니다. 바깥이 아니라 내부에서 제압하는 방식으로."

"대, 대체 제가 왜 그런 짓을 한단 말입니까!"

헤이그만이 명백하게 당황한 말투로 바뀌었다.

한편 지극히 냉정한 스피는 끝까지 추궁했다.

"그럼 사건 당일 헤이그만 님의 어디서 무얼 하고 계셨는지 보고서를 제출해주세요. 전 천선감의 의뢰로 움직이고 있으니, 이건 신성 공화국의 공식 명령입니다. 이것 참, 우연이네요. 만약 필 님이 마을 방어에 실패했다면, 당신보다 경합 상대, 즉 교단과 친밀한 전 천선감의 지지도가 더 크게 내려갔을 테니까요."

이 사건의 이면에는 헤이그만이 이득을 보는 계산이 있었다.

"그렇지는……."

헤이그만이 입을 열었지만, 기세가 없었다.

할 말이 말라갔다.

그의 몸은 밀면 넘어질 것 같을 정도로 가냘프게 떨리고 있었다.

"당신이 교단을 배제하려 했다는 건 전부터 이미 알고 있었습니다. 제가 천선감의 의뢰로 이 마을에 온 이유가 당신을 조사하기 위해서였으니까요. 헤이그만 님."

"……."

그 말을 듣고 헤이그만은 얼굴을 양손으로 덮었다.

뭔가 짚이는 구석이 있을 것이다.

(그러고 보니 소리아 님이 웨이라 제국에 넘어가는 걸 신경 쓰는 눈치였지. 이 남자의 목적은 신성 공화국과 교단의 분단인가……?)

지금까지의 대화를 듣고 필이 혼자 납득했다.

그리고 스피가 이어서 말했다.

"이번 사건의 주범 격인 전 귀족들을 심문한 건 우리입니다. 천선감에게 부탁해서 먼저 대화했습니다."

"……그들이 다 자백한 모양이군요."

"네. 사실을 고하면 감형해주겠다는 조건으로 자백을 받아냈습니다. 출소 후의 신변 보호도요. ……몇십 년 뒤가 될지는 모르겠지만요."

"그런가요. 그럼 전 사형입니까."

헤이그만이 완전히 수척해진 얼굴을 양손에서 내밀었다.

이젠 죄를 인정하고 있다.

이 방에 올 때까지 헤이그만이 사건의 공범이라는 걸 깨닫지 못한 필은 충분한 서론을 대화로 들었기 때문에 놀라진 않았다.

"중죄는 면하지 못하겠죠."

"실행범은 죄가 가벼워지는데 말입니까?"

"당신이 주모자잖아요."

"아뇨, 전 어디까지나 공범. 그들은 정말로 아아만 왕국의 복권파예요. 제가 천선감으로 선출되면 왕국 독립을 약속한다── 이런 꿈같은 이야기를 믿고 멋대로 움직여준 바보였지만요."

자백이었다.

헤이그만은 완전히 포기했다.

"사람을 부를 건데, 괜찮죠?"

스피가 물었다.

헤이그만은 처음으로 고개를 끄덕였다.

그리고 스피가 신호를 보내자 밖에서 사람이 들어왔다.

그들은 중앙에서 파견된 기사단이었다.

그 용의주도한 모습을 보고 헤이그만의 구속은 이미 계획되어 있었다는 걸 알았다.

붙잡힌 헤이그만은 어딘가로 연행되었다.

그리고 스피와 필만이 방에 남았다.

"그런데 사법 거래를 하고 있을 줄은. 저희가 공범자를 심문할 수 없겠군요."

필이 다시금 스피의 수완에 감탄했다.

"아뇨, 안 했어요."

스피가 아무렇지도 않게 대답했다.

필은 어리둥절했다.

"어, 아까 공범자가 협력 관계를 폭로했다고……."

"그건 거짓말이에요. 그의 자백을 녹음하기 위한."

스피가 주머니에서 매직 아이템을 꺼냈다.

직감적으로 그게 녹음하기 위한 것이라는 걸 알았다.

"아니…… 그런 걸 증거로 쓸 수 있습니까?"

스피가 헤이그만을 속였다는 사실은 명백했다.

칭찬받을 만한 일이 아니다.

그뿐만 아니라 위법의 가능성도 있다. 스피도 그 점은 알고 있는지 애매하게 매직 아이템을 바라봤다.

"어떨까요. 일단 이번 의뢰를 한 천선감에게 넘기겠습니다. 그도 이상하게 저항하기보다는 이 상황을 모면하기 위해 멋대로 자백했을 뿐일지도 모르니, 우선은 제대로 진위를 확인해야겠지요."

"……저기, 정말 이런 식으로 해도 괜찮은 겁니까?"

필의 담당은 어디까지나 군무다.

그것도 소리아 바로 아래에 있는 사람이다.

그래서 내정이나 외교에 관한 참견은 하기 어려운 점도 있다. 하지만 아무래도 이번 방식은 자칫 잘못하면 스피가 비난을 받게 된다.

하지만 스피는 끝까지 태연했다.

"우린 진·아스테라 교단입니다. 신성 공화국과는 독립된 조직이지요. 엄밀한 의미에서 책임을 추궁당할 일은 없습니다. 의뢰자인 천선감도 정치적 의도로 우리를 움직였다는 건 알고 있지만, 적이 될 인물이 아니라는 건 다 조사했어요."

스피는 잘못된 판단을 내리지 않도록 신중한 태도였다.

그걸 보고 필도 깊이 추궁하는 일은 없었다.

말로는 눈앞의 소녀에게 대적할 수 없다는 걸 이해했기 때문이다.

"꽤나 무리를 하는군요……."

필이 그런 감상을 말했다.

"앞에 소리아 님이 있으니까요. 뒤에서 할 수 있는 데까지 도와야지요."

"그게 아무리 더러운 일이라도요?"

필이 자기도 모르게 물어보고 말았다.

이렇게 어린아이가 그런 각오를 보여주면 확인하지 않을 수 없었다.

하지만 자신도 알고 있었다.

더러운 일이 옳지 않은 일이라고 말할 수 있는 인간도 아니다.

실제로 몇 명이나 사람을 죽여왔으니까.

스피가 그런 필을 타이르듯이 온화한 표정을 지었다.

"네, 교단은 할 수 있습니다. 사실 전 헤이그만 님을 돕고 싶었어요."

"어, 어째서죠?"

스피의 말에 동요했다.

그 동요엔 스피에 대한 신뢰도 있었다. 하지만 이만한 수완을 보고 그녀가 적으로 돌아서는 것을 상정하고 싶지 않았기 때문일지도 모른다.

"여신 아스테라가 적이라면 진·아스테라교가 사라지는 게 장래에는 더 좋을 테니까요."

"그건 그렇지만……."

스피의 이상에 필은 동의했다.

하지만 교단의 영향력을 생각하면 그건 어렵다.

루이나와 리프도 교단 해체를 생각했을 것이다.

불가능하다고 판단한 건 나라를 가리지 않고 온 대륙에서 여신 아스테라를 믿고 있기 때문이다.

그걸 알면서도 스피는 계속 말했다.

"가능하다면 교단이 나라의 정치에 관여하는 상황을 없애고 싶어요."

"하, 하지만 이번엔 저희 같은 독립된 조직이 없었으면 해결되지 않았을 겁니다."

아까 전까지 책망하던 인물이 옹호했다.

상당히 이상한 광경이었다.

"진·아스테라 교단과 선감 이외의 독립된 조직이 있으면 충분해요. 그게 다른 교단이라도 상관없어요. 정의만 잘못되지 않으면."

스피는 필 이외의 다른 뭔가를 보고 있었다.

그 눈 깊숙한 곳에는 분노의 불꽃이 있는 것처럼 보였다.

(아스테라를 미워하고 있는 건가. 이 나이에 뭔가를 미워하는 건가……. 나도 예전에는 뭔가를 미워했지만 소리아 님께 구원받

았다. 하지만 그녀는…….)

문득 스피가 기지개를 켰다.

"아~, 피곤하네요. 오늘은 지드 님에게 둘러싸여서 자야겠어요."

"두…… 둘러싸여서?"

지드는 한 명인데 뭘 둘러싸인다는 말인가.

"비장의 사진 컬렉션 방이 있어요! 거기선 뜨거운 시선을 느낄 수 있어요!"

아까 전까지와는 전혀 다른 스피의 모습에 필은 당혹감을 숨길 수 없었다.

하지만 왠지 안심할 수 있었다.

(이 사람도…… 그 녀석에게 구원받은 걸지도 몰라.)

자신같이 뒤틀리지 않아서 다행이다.

필의 소리아에 대한 마음은 동성에 대한 것이다. 다른 사람과 비교하면 과하게 강하긴 하지만, 경애와 숭배라는 성에서는 벗어나지 않는다고도 할 수 있다.

하지만 만약 맨 처음 도와준 상대가 이성이었다면 어땠을까.

성녀에게 검을 바치는 검성, 이 아니다.

눈앞에서 덩실거리는 진 · 아스테라교의 창시자 스피처럼 지금과는 다른 자신으로 변해 있었을지도 모른다.

필은 다시 가슴이 찔리는 것을 느꼈다.

(전과 비교하면 약해졌어……?)

필은 왼쪽 가슴을 손으로 눌렀다.

그걸 보고 스피가 말했다.

"아아, 그러고 보니 필 님은 앞으로가 큰일이겠네요."

"네? 뭐가 말씀입니까?"

전혀 이해가 안 되는 말에 필이 고개를 갸웃했다.

백선감이 포박되었다. 게다가 자신의 임무 중에.

그건 확실히 큰일이다.

하지만 실제로 증거를 모아 포박한 스피에 비하면 그 정도는 아닐 것이다.

이번 싸움도 사무 쪽의 작성한 보고서에 도장을 찍고 소리아에게 제출하는 정도로 끝날 것이다.

정말 이해가 안 됐다.

하지만 스피는 그에 대해서는 대답하지 않았다.

"전에 만났을 때, 제가 뭔가 말하려고 했던 걸 기억하고 있나요?"

그건 스피에게 말을 걸었을 때의 일이다.

자료를 모으고 있을 사람들이 비집고 들어와서 중단됐다.

그것에 대해서는 기억이 있어서 필은 고개를 끄덕였다.

"아, 그거 말인가요. 물론 기억하고 있는데……."

"이제 잊어도 괜찮아요. 제가 말하고자 하는 건 앞으로 필 님의 귀에도 잘 들릴 테니까요."

"……?"

의미심장한 스피의 말에 필은 납득이 안 가는 것 같았다.

"후후. 그럼 전 이만 실례하겠습니다."

그렇게 말하면서 스피는 발길을 돌렸다.

이제부터 마음에 들어 하는 방에 틀어박힐 상상을 하고 있을 것이다.

들뜬 기분으로 통통 뛰면서 걸었다.

작은 모습에 어울리게 까부는 스피를 보면서 필은 고개를 갸웃했다.

스피의 말뜻을 이해한 건 잠시 뒤였다.

필은 소리아와 긴 의자에 나란히 앉아 신문을 읽고 있었다.

대륙에는 당연하게도 모험가 카드 이외의 정보원도 있으며 이종이 매체도 그중 하나다.

하지만 둘의 모습은 뉴스를 보고 있다기에는 묘했다.

소리아가 히죽히죽 웃고 있었다.

필이 고개를 숙이고 귀까지 새빨개져 있기 때문에 그 표정은 신문 너머로도 어렴풋이 짐작할 수 있었다.

"신성 공화국 검성이 사랑 고백! 웨이라 제국의 전 여제에게 선전포고인가?' 이것 참 재미있게 됐네요."

소리아가 즐거운 듯이 기사의 표제를 낭독했다.

필이 양손으로 얼굴을 가리면서 바닥에 쓰러져 몸부림쳤다.

"그, 그만하세요!"

소리아는 기사를 낭독하는 것으로 필의 요청을 거부했다.

"아, 이거 봐요, 여기. 영상의 발언이 발췌됐어요. '왜 날 봐주지 않는 거냐!'래요."

"으으으읏~!!"

"'왜 지드는 그런 식으로 나에게 욕정을 품지 않는 거냐!!'라니! 오오~, 대담한 발언!"

소리아가 당시의 필을 흉내 내면서 말했다. 아무래도 영상까지 본 모양이었다.

"조, 좀 봐주세요오오오……!"

그건 점거 사건에서 인질을 잡은 적 앞에 뛰쳐나갔을 때 필이 자기도 모르게 폭발해서 발언한 내용이었다.

영상이 방송된 것도 있어서 지금은 많은 사람이 그런 말을 한 것을 알고 있었다.

"지드 씨를 사랑하는 사람 중에서 가장 많이 알려진 사람은 루이나 님을 제외하면 필일지도 모르겠네요."

그 말을 듣고 필이 외쳤다.

"이제 좀 봐주세요——!!!"

그 후 필은 매일같이 소리아에게 놀림 받게 되었다.

그리고 지드와 만날 것 같은 장소는 최대한 피했다.

거리도 그다지 돌아다니지 않게 되었다.

"세간의 관심이 식을 때까지는 한동안 사람과 못 만나겠어……."

필의 눈물은 한동안 멎지 않았다고 한다.

그런 그녀의 모습을 보고 소리아는 말했다.

"멘탈 케어를 도와드리죠. 좀 더 솔직해질 수 있도록, 가슴 속에 있는 진짜 마음을 소중히 할 수 있도록."

필의 가슴의 아픔은 어느샌가 사라졌다.

후기

이발소에서는 깔끔하게 잘라달라고 합니다. 자른 다음에는 많이 긴 다음에 가서 대충 2, 3개월은 안 가서 이발소 주인과의 대화는 '여긴 처음 왔나요?'로 정해져 있습니다. 실력이 좋은 게 분해요.

안녕하세요, 지오입니다.

번외편은 길었나요?

요즘엔 패배 히로인을 사랑하는 러브코미디가 나오기 시작했죠. 이렇게 말하는 다양한 작품의 히로인에게 모에를 느꼈으니 기쁘기 그지없습니다.

하지만 뭐랄까요. 주인공이 상대조차 해주지 않는 히로인(?)도 있잖아요. 동급생 단역 캐릭터라던가 몸매 좋은 누님이라던가. 응, 뭐, 어머니 캐릭터라던가 윤리적으로 좀 그렇다던가, 어른의 사정 때문에 좀 그렇다던가, 그런 건 있다고 생각합니다. 그러니 어쩔 수 없습니다. 어쩔 수 없는 일입니다.

그런데 막연하게 그 생각을 해보니 현 작품에서는 필이 그 위치에 가까웠던 건 아닐까 하고 생각했습니다. 소리아의 수행원 같고 전투력 측정기 같은. 그래서 '이대로 끝나는 건 바라지 않는다'며 각오를 다지고 썼습니다.

그러니 길어도 좋아. 그러니 난 썼어. 후회도 반성도 없어. 날 죽이고 싶으면 죽여라.

필은 틀림없는 히로인입니다.

그럼 여러분이 기겁하기 전에 다른 이야기를 하겠습니다.

유우야 선생님, 이번 권도 훌륭한 일러스트 감사합니다!

담당님, 이번 권도 이래저래 죄송합니다……. 항상 감사합니다!

그 외 관계자 여러분, 감사합니다(죄송합니다)!

그리고 이번 권도 읽어주신 여러분, 감사합니다!

소설 쪽 시리즈는 전자판 같은 걸 포함하면 4,000명 정도는 따라와 주고 있는 걸까 하는 분위기가 느껴지는데, 어떨까요.

이거 참, 대단하네. 지금 8권째예요. 잘 따라왔네요. 4,000명 정도가 이 문장을 보고 있어요. 그렇게 생각하면 감회가 깊네. 대단해요(2번째). 여기까지 읽어준 여러분에게 행복이 있으라. 필에게도 행복이 있으라. 나에게도 있으면 좋겠네, 행복.

그런 느낌으로 다음 9권, 최종권입니다. 부디 함께해주세요!

THE SLAVE OF THE "BLACK KNIGHTS" IS RECRUITED BY THE "WHITE ADVENTURER'S
GUILD" AS A S RANK ADVENTURER Vol.8
©2022 Jio
First published in Japan in 2022 by OVERLAP, Inc.
Korean translation rights reserved by Somy Media, Inc.
Under the license from OVERLAP, Inc., Tokyo JAPAN

악덕 기사단의 노예가 착한 모험가 길드에 스카우트 되어 S랭크가 되었습니다 8

2024년 3월 15일 1판 1쇄 발행

저　　　　자	지오
일 러 스 트	유우야
옮 긴 이	박정철
발 행 인	유재옥
이　　　　사	조병권
출판본부장	박광운
편 집 1 팀	최서영
편 집 2 팀	정영길 박치우 정지원 조찬희
편 집 3 팀	오준영 권진영 이소의
디자인랩팀	김보라 박민솔
디지털사업팀	박상섭 김지연 윤희진
라이츠사업팀	김정미 맹미영 이윤서
영업마케팅팀	최원석 박수진 이다은
물 류 팀	허석용 백철기
경영지원팀	최정연
인쇄제작처	㈜코리아피엔피
발 행 처	㈜소미미디어
등 록	제2015-000008호
주　　　　소	서울시 마포구 토정로222, 403호 (신수동, 한국출판콘텐츠센터)
판매 및 마케팅	(070) 8822-2301

ISBN 979-11-384-8234-9
ISBN 979-11-384-7880-9 (세트)